JACQUELINE NAVIN
La pareja ideal

Editado por HARLEQUIN IBÉRICA, S.A.
Núñez de Balboa, 56
28001 Madrid

© 2000 Jacqueline Lepore Navin
© 2014 Harlequin Ibérica, S.A.
La pareja ideal, N° 12 - 16.1.14
Título original: The Viking's Heart
Publicada originalmente por Harlequin Enterprises, Ltd.
Este título fue publicado originalmente en español en 2008

Todos los derechos están reservados incluidos los de reproducción, total o parcial. Esta edición ha sido publicada con autorización de Harlequin Books S.A.
Esta es una obra de ficción. Nombres, caracteres, lugares, y situaciones son producto de la imaginación del autor o son utilizados ficticiamente, y cualquier parecido con personas, vivas o muertas, establecimientos de negocios (comerciales), hechos o situaciones son pura coincidencia.
® Harlequin, HQN y logotipo Harlequin son marcas registradas propiedad de Harlequin Enterprises Limited.
® y ™ son marcas registradas por Harlequin Enterprises Limited y sus filiales, utilizadas con licencia. Las marcas que lleven ® están registradas en la Oficina Española de Patentes y Marcas y en otros países.
Imagen de cubierta utilizada con permiso de Harlequin Enterprises Limited. Todos los derechos están reservados.

I.S.B.N.: 978-84-687-3962-5
Depósito legal: M-29555-2013

Uno

La mujer recostada sobre los almohadones de la litera dormía. A su lado, una doncella roncaba suavemente como si ni siquiera durmiendo pudiera guardar silencio. Afuera, el chacoloteo de los cascos de los caballos, la ocasional cantinela de una voz de hombre, el sonido metálico que hacían las armas cuando los que las portaban cabalgaban por terreno desigual, todo ello se mezclaba y llenaba el aire de un barullo que de algún modo resultaba tranquilizador. Ese ruido y el vaivén de la litera en movimiento habían conseguido que la encantadora joven cayera dormida después de tres días y tres noches de ansiosa vigilia.

De pronto abrió los ojos y se incorporó.

Había vuelto a tener el sueño.

Miró a su alrededor y pestañeó varias veces hasta que se despejó por completo del sueño y reconoció dónde estaba. Un suspiro más de resignación que de alivio le quitó parte de la tensión y consiguió que se volviera a recostar, llevándose la mano a la frente para apartarse unos mechones de dorado cabello de la cara.

Si bien el sueño había sido horrible, el mundo que se encontró al despertar no era mejor. Al acabar el día debían estar en Gastonbury, el castillo fortificado donde vivía el marido de su prima.

Gastonbury. Sólo el nombre le provocó un escalofrío. Había oído hablar de Lucien de Montreigner, un aterrador señor que había conquistado multitud de tierras en una arrolladora campaña de venganza y había tomado a su prima, Alayna de Aventford, como esposa. El miedo a aquel hombre, unido a sus otros temores, hizo que empezara a morderse las uñas.

Lo cierto era que no era tanto Gastonbury, ni siquiera su temible señor, lo que había desatado el miedo en ella, era más bien lo que la esperaba después de la visita a su prima. El castillo de Berendsfore. Sir Robert y su máximo temor.

Lo que le recordó el sueño. ¿O quizá fuera un recuerdo? Nunca lo sabía a ciencia cierta y eso la tenía loca de preocupación.

Había comenzado, como ocurría a menudo, con la engañosa sensación de estar en su cama de Hallscroft, el hogar en el que había vivido desde niña. En el sueño no era más que una niña de doce años. Podía sentir el suave olor a lluvia y a hoguera que se colaba por la ventana. También entraba la luz de la luna, iluminando la alfombra de juncos. Todo era tan real que al despertar solía preguntarse cómo era posible que las sensaciones fueran tan claras y profundas.

La imagen de la mujer que entró en la habitación no era más que una sombra, pero su aroma le resultaba familiar y muy querido. La presencia de aquella mujer la llenaba de satisfacción. El roce de sus dedos en la frente y en la mejilla era como la seda.

—Bella Rosamund —susurró la mujer y Rosamund se dejó empapar con deleite por el amor de su madre.

Entonces habló de nuevo, pero las palabras que viajaban por el tiempo en las alas de la memoria y con el aliento del mundo de los sueños eran incomprensibles para Rosamund. Vio cómo los labios de su madre se movían, oyó sonidos, pero no pudo entender nada.

Su madre se puso en pie y se dio media vuelta. El abultamiento de su vientre se hizo más que evidente gracias a la luz de la luna. La imagen de la figura delicada y esbelta de su madre repentinamente cargada le había resultado inquietante; como si hubiera sabido que el visible avance de su embarazo las acercara a ambas a la pérdida.

Junto a la ventana, su madre había extendido los brazos y se había dejado levantar por el aire. Estaba volando. El mundo se derrumbó y Rosamund supo que aquél no era el hermoso planear de un halcón. El pelo de su madre, tan parecido al suyo, flotaba y ella sonreía, apartando la mirada de la visión atormentada de su pequeña y dirigiéndose a la muerte.

Rosamund gritó, pero de su boca no salió sonido alguno. De sus ojos no salían lágrimas aunque ella deseaba llorar. Intentó agarrar a su madre, pero su cuerpo no la obedecía.

Siempre despertaba con un sollozo nauseabundo atascado en la garganta.

Aquel sueño espantoso se repetía mucho aquellos días, atormentándola con sus verdades y sus mentiras, alimentado por el terror que le provocaba el destino que la esperaba.

Tenía calor. El sudor le empapaba la frente y las manos. Las cortinas de la litera estaban cerradas para impedir que entrara el polvo del camino, pero bloqueaban también la brisa fresca que anunciaba el fin del verano. El aire estaba tan cargado en el interior de aquel transporte tirado por caballos, que Rosamund apenas podía respirar. Se alisó la tela del vestido con gesto ausente.

—Cuidado —dijo una voz de pronto en el exterior y la litera aminoró el paso.

—¿Qué? ¿Ya hemos llegado? —preguntó Hilde nada más abrir los ojos—. ¿Estamos en Gastonbury? —la doncella estiró las regordetas piernas hacia delante—. Estoy muerta de hambre. Supongo que su prima tendrá preparado todo un ágape para recibirla —le faltó dar palmas de alegría.

—¿Cómo puedes pensar en comer? —el mal humor de Rosamund pasó desapercibido. Claro que nadie lo habría notado ni aunque se hubiese puesto a gritar y a tirarse de los pelos como una loca.

—¡Ay! —gritó Hilde cuando la litera se echó hacia delante.

Las ramas rozaron las cortinas de ambos lados, colándose por los huecos como si quisieran saludarlas.

—Debemos estar en un tramo muy estrecho del camino —explicó Rosamund ocultando una tensión que no hacía más que aumentar.

La litera se detuvo por completo.

—¿Qué ocurre? —se preguntó Hilde al tiempo que abría un poco la cortina.

Rosamund se asomó por encima de su hombro.

—No se ve nada. Sólo árboles, lo mismo que llevamos viendo todo el día.

Entonces se dio cuenta de algo. El ruido, la conversación de los hombres, el movimiento de los caballos, todo se había detenido.

—Quizá nos hayamos topado con alguna barrera —sugirió Rosamund para luchar contra el peligro que parecía flotar en el aire—. O con un río sin puente.

De pronto empezaron a oírse gritos de impaciencia. El conductor utilizó el látigo con los caballos, obligándolos a ponerse en marcha. Las dos mujeres se vieron impulsadas hacia atrás cuando empezaron a moverse.

A su espalda se oían sonidos de metal contra metal, lo que significaba que estaban atacándolos.

—Dios mío, Hilde, ¿qué...? —la pregunta se vio interrumpida por el golpe que se dieron al aterrizar de nuevo contra los almohadones de la litera después de haber volado por los aires.

—Dios, Dios, Dios —Hilde comenzó sus oraciones mientras abrazaba a su señora.

Rosamund no rechazaba el consuelo de aquellos brazos, pero necesitaba separarse un poco de ella para poder seguir respirando. La doncella le echó una pierna por encima como si quisiera subirse a su regazo.

La litera iba cada vez más deprisa.

—Agárrate a los lados, por el amor de Dios —le pidió Rosamund por encima del ruido de las ruedas.

—Ay, Dios mío —siguió implorando Hilde.

—¡Hilde! —protestó Rosamund cuando la doncella la apretó aún más.

El modo en que Hilde movió la cabeza le dio a entender que no tenía intención de soltarla. Dieron una curva y, de no ser por la fuerza con la que Rosamund se agarraba a un lateral del carro, las dos mujeres habrían caído del mismo.

El sonido de cascos de caballo a un lado de ellas hizo que Rosamund apretara los dientes y que Hilde hundiera el rostro en el cuello de su señora.

—Hilde, por favor, no me dejas moverme y quiero ver lo que ocurre.

—¿Acaso va a servir de algo que vea el rostro de nuestros asesinos?

—¡Sí! —gritó Rosamund apartándola de su lado y, una vez libre de tal peso, echó a un lado las cortinas. Al segundo siguiente volvió a cerrarlas.

—¿Qué, milady? —le preguntó Hilde, histérica—. ¿Qué ha visto?

Rosamund miró al interior del reducido carro como si pudiera encontrar allí todo un arsenal de armas a su disposición en aquel momento de necesidad.

—Hilde, me temo que...

No fue necesario que terminara porque su temor era evidente para la doncella. Se oyó un crujido sobre sus cabezas, como si algo muy pesado hubiese golpeado el techo del carro.

—¡Nos están abordando!

—Calla —ordenó Rosamund tratando de escuchar.

—¡Están luchando!

—¡Calla!

El carro tropezó con algo en el camino y el golpe hizo que Hilde aterrizara sobre su señora. Rosamund se puso a rezar. Sus labios recitaban rápidamente el Paternoster y luego el Ave María.

Avanzaban deprisa, cada vez más. El traqueteo de las ruedas les llenaba los oídos junto con el sonido de la batalla que parecía estar librándose en el asiento del conductor. Pero de pronto todo quedó en silencio.

El carro se detuvo.

Hilde levantó la mirada del pecho de Rosamund.

—¿Ya... ya ha pasado? ¿Estamos a salvo, milady?

—No lo sé —Rosamund apenas susurró aquellas palabras mientras se secaba las lágrimas.

Se oyó a alguien aterrizar en el suelo después de tirarse desde el techo del carro y después unos pasos.

—Milady... —dijo Hilde con terror.

Se abrió la cortina, dejándolas a la vista del hombre que había junto al carro. Rosamund vio una túnica de piel, un rostro de facciones duras y un cabello rizado cubierto en parte por un vistoso sombrero rojo con una piel de halcón.

Junto a ella, Hilde emitió un grito ensordecedor y se desmayó, cayendo sobre el regazo de Rosamund.

Dos

En el cercano castillo de Gastonbury, dos hombres se movían en círculos el uno frente al otro, agazapados, arma en mano y dispuestos para atacar. El más moreno llevaba una espada en una mano y un arma más corta en la otra. Frente a él, el rubio blandía un sable vikingo con ambas manos. Se movía ágilmente a pesar de la anchura de sus hombros y de su gran altura. Los movimientos de pantera de su adversario no desmerecían en absoluto a los suyos. El sudor le caía por la frente hasta metérsele en los ojos y tuvo que secárselo con la mano rápidamente.

En un rincón, tres hermosas jóvenes se echaron a reír.

—Quizá te vendría bien un lazo para sujetar tus bellos rizos —se burló el moreno—. Seguro que cualquiera de esas lozanas muchachas estaría encantada de dejarte uno.

El enorme hombre rubio le lanzó una mirada de odio con la que podría haber acobardado a cualquier otro. Su adversario sin embargo soltó una carcajada.

El moreno se movió con rapidez y los filos de sus espadas se encontraron con un golpe de acero que hizo que saltara una chispa.

—Ya has utilizado antes ese movimiento —dijo el rubio agitando la cabeza—. ¿Estás cansado, o aburrido?

—Calla, maldito vikingo —gruñó el moreno—. ¿Acaso tienes algo mejor que ofrecer?

—No me obligues a dejarte en vergüenza delante de tus siervos, Lucien.

Las jóvenes volvieron a reírse disimuladamente. Lucien las miró con el ceño fruncido y el vikingo sonrió.

—Me parece que deberías cuidarte de no provocar mi ira.

—No la temo —aseguró el vikingo.

Lucien volvió a moverse. Lanzándose directamente hacia su oponente al mismo tiempo que levantaba la espada desde el otro lado. Sin espacio para maniobrar, el vikingo sólo podía lanzar un golpe corto a la garganta de Lucien, que al verlo, bajó la mano izquierda contra las muñecas del vikingo.

El sable cayó al suelo, pero apenas había tocado la

tierra, cuando el vikingo dio un paso atrás y se sacó del cinturón una red con un peso. Se rió mientras la balanceaba adelante y atrás.

—Soy igual de mortífero sin la espada.

—Eso ya se verá —dijo Lucien, pero no había terminado de pronunciar aquellas palabras cuando se encontró en el suelo.

Consiguió enredar la espada corta en la red y quitársela de la mano con un movimiento con el que derribó al vikingo.

—¿Empate? —preguntó el vikingo con la espalda pegada al suelo.

—Jamás —Lucien no tardó en responder, como tampoco tardó en ponerse de rodillas, agarrando la espada corta con ambas manos y clavando la mirada en los ojos azules del vikingo, que no se movió hasta el último momento.

El filo de la espada se quedó a un pelo de distancia de introducirse en su costado.

Lucien lo miró con furia repentina.

—Por Dios, Agravar, ¿por qué te has movido? ¿Has visto lo cerca que te ha pasado? ¿Podría haberte dado?

El vikingo negó con la cabeza.

—Si hubieses tratado de matarme, el movimiento habría hecho que me diera sólo de refilón. Como no pretendías hacerme daño, el resultado ha sido justo el contrario.

Con esa despreocupada explicación, le puso el pie en el pecho a Lucien y lo tiró de espaldas al suelo y le acercó su propia espada al cuello.

—Ríndete —le exigió con una sonrisa.

—¡Bastardo! —maldijo Lucien.

—Cierto —respondió Agravar mientras retiraba el arma para ponerse en pie.

El trío de muchachas lo saludó, pero él les dio la espalda. Lucien también se levantó y se sacudió la ropa.

—Hoy has tenido suerte.

—La suerte es fruto de la destreza y la preparación.

Pero su amigo, y también señor, no era un buen perdedor, así que lo miró con poca simpatía.

—La última vez hice que cayeras de culo.

—Y yo te tiré a ti la vez anterior a ésa. Si no recuerdo mal, estuviste escupiendo tierra hasta la cena —lo distrajo una figura que le resultaba familiar y que se acercaba a ellos procedente del castillo—. ¡Pelly! —lo saludó.

—Capitán —respondió el joven caballero inclinando la cabeza primero ante él y luego también ante Lucien—. Señor, la señora me pide que le pregunte si ha olvidado que prometió ir al pueblo para escoltar a la comitiva de su prima hasta el castillo.

—Maldita sea, sí que lo había olvidado —se pasó la mano por el pelo y miró al muchacho—. ¿Estaba... parecía... enfadada?

El pobre Pelly no sabía qué decir, miró a Agravar en busca de ayuda.

—Olvídalo chico —le dijo el vikingo dándole una palmadita en el hombro que a punto estuvo de tirarlo—. Todos sabemos que la señora no está de muy buen humor en estos últimos días de embarazo.

Lucien soltó una retahíla de improperios y se apartó de ellos. Tras despedir a Pelly y recoger su arma del suelo, Agravar siguió a Lucien fuera del patio de armas bajo la atenta mirada de las muchachas, que no dejaban de sonreír y darse codazos entre ellas.

—¿Por qué no te acuestas de una vez con esas criadas y nos dejas en paz a los demás? —le dijo Lucien ya en los establos, donde parecía que su mal genio no había hecho más que aumentar.

—¿Con todas a la vez o de una en una? —preguntó Agravar inocentemente.

—Me da lo mismo siempre y cuando cesen esas sonrisitas de tontas.

—Me temo que vas a tener que acostumbrarte porque no me interesan.

Lucien refunfuñó algo ininteligible.

—¿Está bien mi señora? —preguntó Agravar con estudiada despreocupación—. Me ha parecido que tu mal humor ha empeorado aún más últimamente.

Lucien movió la cabeza antes de responder.

—Agravar, por la sangre de Cristo y todos los santos, aprecio más a esa mujer que a mi propia vida, pero me temo que me habré vuelto completamente loco antes de que ese bebé venga al mundo. No sabes cuánto ha cambiado. Nunca está satisfecha, su estado de ánimo cambia a cada instante y llora en cuanto se le lleva la contraria. Se está convirtiendo en una tirana.

—Volverá a ser la misma de siempre en cuanto nazca el bebé —aseguró Agravar con tono insulso.

Agravar admiraba enormemente a lady Alayna y sabía que era una buena señora, con un corazón tan valiente como el de su marido. Y, aunque comprendía la impaciencia de su amigo respecto a su veleidoso comportamiento, no toleraría ningún tipo de queja por su parte.

Porque, como bien sabía Agravar, la amabilidad del destino era volátil. Lucien había recibido el regalo de un amor sin igual, lo que era un auténtico milagro. Algo que el vikingo no había conocido en forma alguna. A la edad de treinta y cuatro años, se había resignado a no conocerlo jamás.

Aquellos pensamientos lo mantuvieron callado mientras ensillaba a su caballo. Cuando Lucien habló después de unos minutos, su voz era tan sólo un susurro.

—No podré pensar con claridad hasta que no haya traído ese niño al mundo y ambos estén sanos y salvos. La inquietud de Alayna… me ha dado un mal presentimiento. Yo… —bajó la cabeza.

Disgustado por aquella confesión, Agravar no respondió nada a su amigo. Había creído que Lucien se compadecía de sí mismo y lo que en realidad ocurría era que estaba preocupado.

Pero su amigo se recuperó con rapidez.

—Dime dónde aprendiste ese movimiento que has utilizado antes. Podría resultar útil si se tiene la mala suerte... o la falta de habilidad de encontrarse en el suelo en mitad de la batalla.

—Lo aprendí de los gitanos —Agravar se encogió de hombros al ver el gesto de incredulidad de Lucien—. Recojo técnicas de donde puedo —añadió, al tiempo que ambos montaban en sus caballos y los ponían en movimiento.

—Hablando de nuevas técnicas, Agravar, he encargado unas armas más ligeras con el acero que traje de España. Según me han dicho, es mucho mejor que las mezclas que hacemos aquí.

—Imposible —replicó Agravar poniéndose en marcha, y obedeció de buen grado las indicaciones de Lucien para cambiar de dirección, pues eso los alejaba de las tres jóvenes que aún esperaban.

—¡Garron! —llamó Lucien y el herrero acudió de inmediato al oír la voz de su señor—. Muéstrale a mi capitán las nuevas armas.

—Ay, son preciosas, señor —exclamó Garron.

Muy a su pesar, Agravar quedó impresionado con la calidad del metal, que cortaba el aire como un susurro.

—Dudo que pueda abrir en dos a un hombre tan fácilmente como ésta —dijo dando unas palmaditas al pesado sable que le colgaba de la cadera—. Pero la verdad es que cualquiera diría que tiene vida propia —se la pasó a Lucien, que tras dar un par de golpes, se la devolvió.

En su funda se encontraba intacta la espada del padre de Lucien. Jamás se desharía de ella, ni aunque fuese por un arma excepcional. Era el símbolo de aquello por lo que había vuelto del infierno, junto con sus tierras, su vida y su alma.

Aquella misión le había dado algo en lo que creer a Agravar por primera vez en su triste vida. Se había convertido en el brazo derecho de Lucien. Había llegado incluso a cometer uno de los actos más atroces conocidos por el hombre para salvar a aquel amigo al que consideraba ya un hermano.

Pero ahora, en tiempo de paz, habría cambiado encantado su pesada espada por aquella arma tan elegante como la vida que prometía.

—Voy a probar esta espada —anunció Agravar y le dio la suya al herrero—. Afílame ésta mientras yo pruebo el nuevo acero, ya te diré qué me parece.

Los soldados tomaron el camino más corto y agreste, un atajo que atravesaba el bosque, pero que evitaría que llegaran tarde. Lucien, ansioso por no molestar a su ya enfadada esposa, le había asegurado a Alayna que escoltaría a su prima desde los confines de sus tierras hasta el castillo.

Estaban a punto de salir del bosque y alcanzar un prado cuando de pronto aparecieron dos jinetes, un hombre y una mujer, que no tardaron en alejarse de ellos.

—Qué raro —dijo Lucien en voz baja.

Agravar lo miró antes de que un ruido atrajera su atención. Se dio media vuelta. ¿Qué era ese llanto?

Miró a los dos jinetes, estaban atravesando el prado y a punto de adentrarse en el bosque que se extendía hasta el camino del norte.

—¿Crees que van de paseo?

—Es probable —respondió Lucien—. Pero no los reconozco, claro que están a bastante distancia.

—Deberíamos asegurarnos. Iré tras ellos —anunció Agravar—. Tú ve con los demás y averigua qué son esos maullidos.

Lucien recibió de mala gana unas órdenes que debería haber dado él, pero dio media vuelta al tiempo que Agravar ponía a su caballo a cabalgar hacia los misteriosos jinetes.

Tres

Agravar les dio alcance en el arroyo, junto a la fragua de Fenman. Vio un toque de color entre los árboles. Se habían detenido, quizá para que bebieran los caballos. Agravar se detuvo también, desmontó y fue sigilosamente hacia ellos sin apartarse de los matorrales. Desenvainó su nueva espada, pero la mantuvo baja para que el sol que se colaba entre las ramas no se reflejara en el acero.

Estaban justo delante de él, el hombre y la mujer que habían visto pasar a caballo. Ella se inclinaba sobre el arroyo. Su cabello, del color de la miel oscura, era abundante y caía libremente, pues la dama lo llevaba sin recoger, al estilo de moda. En su rostro, de perfil, destacaban unos bellos rasgos marcados... nariz recta, barbilla fuerte, boca generosa y ojos profundos.

Sin duda era una mujer noble. ¿Podría ser Rosamund Clavier? Agravar se hizo aquella pregunta porque no se trataba de nadie que él hubiera visto antes por aquellas tierras. Si era ella, ¿qué había sido de su comitiva? ¿Y quién era aquel hombre que estaba con ella?

El hombre en cuestión observaba el bosque mientras la mujer bebía agua del río. Llevaba un sombrero rojo con una ridícula pluma. Parecía nervioso, sin embargo permitió que la mujer bebiera tranquilamente, momento que Agravar aprovechó para acercarse un poco más.

—Ven —le dijo el hombre poniéndole la mano en el brazo a la mujer—. Debemos darnos prisa —al ver que ella no respondía, habló con mayor insistencia—. Lady Rosamund.

La mujer levantó la cara de inmediato y se puso en pie. Agravar salió de su escondrijo.

Lo primero que vio fueron sus ojos, unos brillantes círculos del color de la miel. Con la espada en alto, Agravar dio tres largos pasos hacia el hombre, que finalmente sintió que alguien se acercaba por su espalda.

—Apártate. Soy Agravar el vikingo y he venido a rescatar a la dama.

El gesto de horror del rostro de Rosamund y el paso que dio hacia atrás como para alejarse de él hirieron a Agravar. Estaba acostumbrado a que la gente se sorprendiera de sus rasgos nórdicos, de su estatura o de su fuerza, pero el miedo que vio en aquellos ojos se le clavó en el pecho como una puñalada.

Volvió a mirar al acompañante de la dama, que había desenvainado su espada. Agravar levantó también la suya para hacer frente al desafío. La maldita espada pesaba como una pluma. Agravar lamentó no tener en las manos el viejo sable que conocía tan bien.

—Sé razonable, infeliz —habló Agravar—. No podrás conmigo. No hay rescate posible, si es que ése era tu objetivo.

El hombre del ridículo sombrero avanzó hacia él de todos modos, con la espada levantada como si fuera una cruz con la que tratara de espantar espíritus demoníacos.

—No te la llevarás mientras yo siga en pie.
—Estás perdido.

El hombre lo miró con ojos brillantes.

—¡No abandonaré mis ganancias!

Pero fue esa ganancia la que se marchó sin él. La dama salió corriendo de allí y desapareció sin hacer el menor ruido.

Agravar decidió que aquella tontería ya lo había entretenido demasiado. Atacó con un movimiento rápido pero carente de peligro. No estaba acostumbrado a la ligereza del arma y maldijo entre dientes, pero no dejó que eso lo desanimara; trató de corregir el error. El segundo golpe fue más certero, pues le rasgó la túnica a su adversario.

El hombre lanzó un torpe golpe con su daga con el que tan sólo pretendía defenderse. Un extraño sonido invadió el aire cuando el magnífico acero importado de España por su gran calidad... ¡se partió en dos!

Cayó al suelo con un ruido que no presagiaba nada bueno.

—Me has roto la espada —dijo Agravar en tono acusador y con gesto atónito.

El hombre parecía horrorizado por lo que había hecho.

—Lo siento, señor, yo...

No pudo decir nada más, ya que Agravar aprovechó la ventaja que le daba su preocupación para cubrir la distancia que los separaba y darle un puñetazo en la mandíbula. El sombrero rojo salió volando en una dirección y la pluma en otra, el ingenuo atacante cayó al suelo.

Agravar se guardó la triste espada en el cinturón y fue en busca de la dama.

Si conseguía llegar a los caballos, quizá tuviera una posibilidad. Eso fue lo que pensó Rosamund mientras corría tan rápido como podía, levantándose las faldas con ambas manos. No había vuelto a poner a prueba su cuerpo de ese modo desde que era niña y corría por los bosques de Hallscroft junto a los hijos de los campesinos.

Sabía que no podría escapar de aquel aterrador vikingo, pero sólo con pensar en él, sus piernas se movían más y más rápido. Si llegaba a los caballos, sería libre.

La necesidad de saber si había ido tras ella era casi imposible de resistir, pero no estaba dispuesta a perder ni un solo segundo en volverse a mirar. Pero... se detuvo en seco, miró a su alrededor. Aquél no era el camino que llevaba donde estaban los caballos. Aquel sendero no le resultaba nada familiar. Miró a su alrededor de nuevo, el pánico empezaba a apoderarse de ella.

El crujido de una rama la obligó a mirar hacia atrás. Allí estaba él, mirándola con gesto funesto y una mueca que le heló la sangre. Estaba tan aterrada, que ni siquiera pensó en escapar. Antes de que pudiera darse cuenta se había lanzado sobre ella y la había agarrado de la cintura con tal fuerza que ambos acabaron en el suelo. Cayó sobre él, sobre un pecho ancho y fuerte que le sirvió de amortiguación.

El vikingo emitió un sonido que era mitad rugido, mitad suspiro. La sujetaba con el brazo, pero no con fuerza. Rosamund esperó un segundo para recuperar la respiración antes de intentar levantarse.

Pero aquellos anchos brazos la retuvieron e hicieron que sus esfuerzos resultaran inútiles. Tenía las manos libres y sintió que tocaban algo frío y sólido que le dio una idea. Dejó de moverse, pero estiró los dedos lentamente hasta poder agarrar lo que había rozado.

Él rodó por el suelo, dejándola debajo y Rosamund se sintió atrapada por sus brazos, por todo su cuerpo. Miró la cara que se encontraba a sólo unos milímetros de la suya.

—¿Es usted lady Rosamund Clavier?

Tenía una voz profunda que retumbó en su interior. Olía ligeramente a sudor y jabón, quizá del afeitado, porque tenía el rostro limpio de barba.

Rosamund asintió, incapaz de intentar siquiera hablar.

—Me envía su prima, lady Alayna. Tranquilícese, milady, porque no pretendo hacerle el menor daño. ¿Escuchará con calma lo que voy a decirle?

Volvió a asentir.

El vikingo se levantó con una agilidad sorprendente para alguien tan grande. Ella tuvo que ponerse primero de rodillas y luego de pie, dándole la espalda.

—Lady Rosamund, yo...

En un torpe movimiento, Rosamund se dio media vuelta levantando con ambas manos lo que creía sería la daga del vikingo.

—¡No se acerque! —gritó empuñando el arma con un gesto con el que pretendía resultar amenazadora.

Pero entonces vio ante ella el filo roto de una espada. Observó la espada unos segundos antes de mirar al vikingo, que la miraba con los ojos muy abiertos, unos ojos muy azules, como el frío mar del norte. Claro que quizá fuera sólo una asociación de ideas por saber que era vikingo.

—¿Qué pretende exactamente hacer con eso?

Rosamund parpadeó varias veces, intentando pensar.

—Es más de lo que lleva usted —respondió con valentía.

—¿Y qué le hace pensar que necesito un arma, hermosa dama?

De pronto y sin saber cómo, Rosamund sintió un dolor en la mano y, al darse cuenta, la espada había caído al suelo.

—Ya estamos en iguales condiciones —dijo él acercándose.

—¿Cómo puede decir eso? Usted es el doble de grande —dio varios pasos hacia atrás, pero él siguió avanzando.

—Yo diría tres veces más grande, o quizá más, pero usted cuenta con su astucia.

—¿Qué va a hacer conmigo?

—Sólo rescatarla, milady.

—¡Ya! ¿De verdad que voy a creerme esa mentira?

—No importa si lo cree o no —aseguró encogiéndose de hombros—. Lo haré de todos modos, pero será menos molestia si coopera conmigo.

Su continuo avance y los pasos que ella iba dando hacia atrás la hicieron tropezar con un tronco y a punto estuvo de caer al suelo. En un abrir y cerrar de ojos, él estaba a su lado, sus manos sujetándola por la cintura e impidiendo que cayera.

—Cuidado, milady —le dijo en tono completamente diferente al de la advertencia de antes.

Tenía las manos increíblemente calientes y cubrían con facilidad toda su cintura. El roce de su respiración en la mejilla le provocó un escalofrío... de terror, pensó ella.

—No me toque, por favor —le suplicó suavemente.

Él obedeció de inmediato. Retiró las manos y dio un paso hacia atrás.

—¿Vendrá conmigo de manera voluntaria o tendré que echármela al hombro y llevarla hasta Gastonbury como si fuera un saco de grano?

—¿Va a llevarme a Gastonbury? —preguntó ella.

—Antes debemos encontrar a sus acompañantes y a mis hombres, pero estaremos a salvo en el castillo antes de que se haga de noche.

Al ver que no decía nada, preguntó:

—¿Acaso eso no la deja más tranquila, milady? ¿No cree que sea cierto que no tengo intención de hacerle daño, sino de llevarla junto a su prima?

Rosamund consideró sus palabras unos segundos antes de responder.

—Sí, señor, le creo.

Pero por el gesto de su rostro, ella supo que no estaba del todo seguro. Y era lógico, pensó ella mientras lo seguía por el bosque.

Cuatro

Con el asaltador de caminos tirado sobre un caballo, Rosamund a lomos de otro y Agravar en cabeza, llegaron al claro del bosque que había al este del arroyo.

Allí había otros hombres reunidos; Rosamund vio a sus soldados y supuso que los demás serían los de Gastonbury. Recibieron una calurosa bienvenida. Un hombre se acercó al vikingo y éste desmontó. Rosamund oyó el nombre de Agravar. El nombre del vikingo. Sí, lo había mencionado antes.

El hombre que se había acercado parecía un demonio, con una salvaje melena de cabello oscuro y unos ojos casi negros. Se volvió hacia Rosamund y ella se tensó, poniendo nervioso también al caballo. Agravar acudió a su lado de inmediato.

—Ven, es el marido de tu prima.

¡Aquél era el legendario Lucien de Montreigner!

—Sé que han vivido una dura aventura. Descansaremos un rato y nos refrescaremos antes de ponernos en camino a casa. Mi esposa estará ansiosa por verla —se pasó la mano por el pelo y trató de sonreír. Al hacerlo, pareció casi guapo—. Sería mejor que se calmara un poco antes de ponernos en marcha, de lo contrario me regañarán pensando que la culpa es de mi tardanza.

—Sí, claro —respondió Rosamund.

Agravar la ayudó a desmontar y su proximidad volvió a resultarle tan desconcertante como antes. Se apartó de él en cuanto sus pies estuvieron en contacto con el suelo. Un alarido anunció la aparición de Hilde. Fue corriendo a abrazar a Rosamund, que se preparó para aguantar el ímpetu de su doncella.

—Estás a salvo, ¡gracias a Dios y a todos los santos! —Hilde la apretó hasta que Rosamund empezó a ver estrellitas en los ojos.

—Hilde —le dijo, a punto de ahogarse y trató de apartarla.

Hilde dio un paso atrás, la observó y volvió a estrecharla en sus brazos.

—Venga —le ordenó Agravar agarrándola del brazo con sus fuertes dedos.

Consiguió liberarla de la efusiva doncella sin mayor esfuerzo, gracias sobre todo a que la mujer se quedó paralizada de sorpresa y terror al verlo y aflojó un poco. Tan amable como lo habría sido cualquier cortesano, Agravar llevó a Rosamund hasta una roca.

—Descanse aquí mientras los hombres dan agua a los caballos. Sólo necesitan un momento para prepararlos para un trayecto tan corto.

Rosamund rehusó mirarlo, pues tenía que concentrar todo su esfuerzo en luchar contra el rubor de vergüenza que provocaron tan amables atenciones. Se limitó a asentir sin apartar la mirada de sus botas. Cuando las vio alejarse, levantó la vista y pudo ver que volvía hacia los caballos y despertaba a su prisionero.

El hombre del sombrero rojo la miró con ojos alerta mientras Agravar lo llevaba hacia un claro en forma de semicírculo que había detrás de ellos. Rosamund bajó la mirada.

—Estoy muerta de sed —le dijo a Hilde después de unos segundos—. Tráeme un poco de agua, por favor.

—Sí, milady. Por supuesto, estaré encantada de hacerlo, mi dulce señora.

Agravar informó a Lucien de todo lo sucedido mientras sus hombres curaban las heridas a los guar-días de Rosamund. Entonces oyó a uno de ellos que decía:

—El hombre me tenía en el suelo. Podría haberme matado y sin embargo siguió de largo.

—¿Está diciendo que esos bandidos mostraron clemencia? —le preguntó Agravar de inmediato.

—No conmigo —gruñó otro hombre, algo mayor, mostrando una mano de la que le habían cortado tres dedos—. Dicky tuvo suerte de que lo atacara uno más joven que aún no estaba tan sediento de sangre.

—¿Qué significado tiene ese ridículo sombrero? —les preguntó Agravar pensando en el único asaltante que habían podido capturar—. ¿Los demás también lo llevaban?

—No. Ése es el único al que se lo he visto, maldito bellaco —aseguró el mayor de los dos soldados antes de escupir al suelo—. Los demás se separaron enseguida, como si conocieran bien el bosque.

Agravar frunció el ceño.

—Entonces son de por aquí.

Una voz de mujer que le resultó molestamente familiar sobresaltó a Agravar.

—Ay, Dios, se la ha llevado otra vez.

Agravar se volvió a mirar a Hilde conteniendo una blasfemia.

—¿Qué ocurre ahora, mujer? —le preguntó.

—¡Mi señora! Ha vuelto a desaparecer y ese bandido también. Pues sí que son ustedes buenos protectores si les quitan a una muchacha inocente delante de sus propias narices. ¡Le estoy diciendo que se la ha llevado!

—¡Por el amor de Dios! —exclamó Agravar—. Esa mujer me está dando muchos problemas, Lucien. Ha vuelto a desaparecer.

Hilde fue hacia él con furia.

—¡De eso nada, señor! Es la muchacha más adorable y dulce del mundo.

La mujer se agarró a él con tanto ímpetu mientras le enumeraba las virtudes de lady Rosamund, que Agravar creyó que se vería obligado a golpearla para poder librarse de ella. Por fin consiguió alejarse sin recurrir a tal medida, pero los llantos de la mujer lo siguieron mientras se dirigía a sus hombres.

—Pelly, ve a ver a esa doncella —ordenó, haciendo caso omiso de la repentina palidez del otro caballero—. Alerta a la guardia. Los demás, ¡venid conmigo! —y diciendo eso, se despidió de Lucien con un leve movimiento de cabeza y se puso en camino.

Agravar y los demás se adentraron en el bosque.

El hombre del sombrero rojo abandonó el camino para meterse en un cañón, pasando por debajo de todo un tejido de arbustos. Tras él, Rosamund lo seguía quejándose cada vez que una rama le enganchaba el pelo o el vestido.

—Por aquí, milady —le dijo él señalándole el camino—. El punto de encuentro está detrás de ese risco. Lo arreglé todo después de que no separáramos para escapar; los demás estarán allí esperando —hizo una pausa—. O deberían estar porque les he pagado más que suficiente.

Rosamund lo siguió de cerca y al ver que se llevaba la mano a la frente, le puso una mano en el hombro.

—Davey, ¿estás bien?

—Ese maldito vikingo me dio bien. Tengo la cabeza muy dura. Siempre me lo han dicho, tendría que haber sido de hierro para aguantar ese puñetazo —esbozó una sonrisa para ella—. Ahora que lo pienso, era mi señor, su hermano, el que me lo decía la mayoría de las veces.

—Entonces debía de ser cierto porque Harold jamás mentía.

Davey intentó reírse, pero la risa se convirtió en una mueca de dolor que le hizo ponerse la mano en la sien.

—Venga. No tardarán en darse cuenta de que nos hemos ido, aunque gracias a usted tenemos una pequeña oportunidad de escapar. No sé si ha sido valentía o locura por su parte.

—No podía dejar que te apresaran después de todo lo que has hecho por mí.

Davey la miró con verdadera adoración.

—Estaré encantado de hacer eso y mucho más.

Unos ruidos a su espalda hicieron que entraran en acción. Salieron del cañón y comenzaron a subir por una quebrada.

Rosamund sentía que el corazón estaba a punto de salírsele por la boca por culpa de la emoción. ¡Ya casi estaban! En cuanto hubieran llegado a lo alto de la quebrada, no podrían verlos. Empezaba a creer que podrían conseguirlo cuando Davey se cayó del caballo y rodó cuesta abajo hasta el cañón.

Rosamund cabalgó hasta él y se bajó del caballo.

Estaba aturdido, aunque era difícil saber si era por culpa de la caída o del puñetazo de Agravar, pero tenía la suficiente lucidez para apartarle las manos y decirle:

—Váyase sin mí. ¡Váyase! Es su única oportunidad.

—No, Davey. Vamos, por favor. Esa bestia vikinga te matará si nos encuentra —pero al ayudarlo a levantarse, Rosamund se dio cuenta de que no estaba en condiciones para huir de un grupo de soldados entrenados, entre los que habría dos de su propia guardia además de los hombres de Gastonbury. Con una gran decepción tuvo que admitir que estaban perdidos.

No había nada que hacer. No conseguiría ser libre.

Aquella huida, magníficamente disfrazada de secuestro, le había parecido una idea brillante. Ahora sin embargo le parecía tan sólo una medida desesperada. Una locura que le podría costar la vida a su querido amigo Davey, que había sido su única compañía en aquellos años de soledad desde la muerte de su hermano.

Eso hizo que la decisión resultara fácil.

—¿Qué...? —murmuró Davey al ver, con confusión, que Rosamund le había atado las riendas del caballo a las manos.

Después le dio un azote al caballo y vio cómo hombre y animal desaparecían entre la maleza. Ya encontraría el modo de salir del bosque más tarde, por el momento sólo era necesario que no lo vieran. En cuanto a ella, su independencia tendría que esperar un día más.

Echó a correr, pero esa vez en sentido contrario, en dirección a los soldados. Quizá resultara más convincente si gritaba, como habría hecho Hilde. Así pues, Rosamund siguió corriendo imitando el histerismo de su regordeta doncella.

La encontraron en un abrir y cerrar de ojos. Montreigner llegó y estaba a punto de desmontar cuando se vio eclipsado por la aparición del enorme vikingo. Agravar saltó del caballo antes incluso de que el animal se hubiese detenido.

La miró de arriba abajo y Rosamund tuvo que

hacer un esfuerzo por no estremecerse. Su proximidad hacía que se sintiera atrapada. ¿Sospechaba que todo había sido un engaño, o era todo culpa de su cargo de conciencia?

Respiró hondo y se dispuso a hablar.

—Ese hombre... trataba de huir conmigo, pero se ha caído al agua desde el camino del desfiladero —el nerviosismo que realmente sentía seguramente la ayudaba a parecer más creíble—. Se lo ha llevado la corriente. Ha sido horrible. En un momento había desaparecido de la vista —cerró los ojos y fingió un escalofrío—. Tuve miedo de caer también, por eso desmonté y vine corriendo hacia aquí.

Sabía que lo que contaba era perfectamente posible, pero tuvo que esperar durante un interminable momento para saber si a ellos también les parecía posible.

Lucien fue el primero que habló.

—Su cuerpo aparecerá cuando cambie la marea. Ahora vamos a casa, ya ha sido un día muy largo.

Rosamund se mordió el labio para no echarse a llorar de alivio. Davey estaba a salvo, ella sin embargo estaba tan perdida como al comienzo de aquel terrible viaje.

No protestó cuando unas enormes manos la agarraron y la levantaron como si no fuera más que un bebé. Una voz suave le pidió que pusiera una pierna a cada lado y de pronto se encontró a lomos de un caballo muy alto desde el que el suelo parecía estar increíblemente lejos. La silla se movió cuando el mismo que la había colocado allí se subió junto a ella. Sabía quién era. Recordaba el aroma de su cuerpo y reconoció aquellos musculosos brazos que la rodearon para poder agarrar las riendas. Reconoció también la voz que dio orden de ponerse en marcha.

Estaba en los brazos del vikingo y eso hizo que se echara a temblar.

Resultaba curioso compartir la silla de montar con una mujer, pensó Agravar. Curioso y completamente nuevo.

No era nada desagradable y sin embargo, cuando por fin divisó las murallas de Gastonbury, tenía los nervios hechos trizas. Quizá fuera su perfume, una mezcla a la que no estaba habituado y que hacía que se sintiera algo mareado. O la forma en que su redondeado trasero descansaba entre sus muslos, lo cual suponía una tremenda distracción. Su cabello le hacía cosquillas en la nariz cada vez que soplaba el viento; era suave y rizado como hilos de oro.

Desechó enseguida tan poéticos pensamientos y trató de respirar aire fresco.

—¿Está muy lejos el castillo? —preguntó ella.

—No, enseguida llegamos. Ha sido una suerte

que estuvieran tan cerca cuando los asaltaron, de otro modo, no habríamos podido llegar a tiempo.

Hubo una larga pausa.

—Lord Lucien parecía preocupado por el estado de salud de mi prima. ¿Está enferma?

—No, no está enferma. Pero seguramente esté muy preocupada por el retraso de su llegada y supongo que se asustará aún más cuando se entere de lo ocurrido.

—¿Son éstas tierras peligrosas?

—Son de las más tranquilas que hay en Inglaterra, pero ¿qué lugar se encuentra libre de todo mal?

—El mal abunda por todas partes, a veces incluso entre aquéllos en los que confiamos.

—Puede ser —asintió Agravar, mientras pensaba que era un extraño comentario que la joven había hecho con total seriedad.

Lucien se acercó a ellos poco después.

—No parece haberle afectado mucho lo ocurrido, lady Rosamund. Enseguida podrá descansar cuanto necesite en el interior de nuestro castillo y mi esposa se alegrará de recibirla.

Agravar sintió su tensión y vio cómo retiró la mirada sin responder. El vikingo intercambió una mirada con su amigo y, como Lucien no era conocido precisamente por su tacto con las mujeres, decidió acelerar el ritmo para alejarse de él.

—¿Le ha molestado mi señor? —le preguntó Agravar amablemente.

Ella levantó la cabeza rápidamente.

—No. Yo... lo siento. ¿Cree que he estado grosera con él?

—Tranquila, milady. Lucien no sabe lo que es sentirse insultado.

—¿Entonces no piensa que haya podido hacerlo enfadar? Intentaré arreglarlo la próxima vez que hable con él.

Agravar se sentía desconcertado por su ansiedad. Si bien era cierto que Lucien tenía reputación de fiero guerrero, no había motivo para que una doncella le temiera como parecía temerle aquélla.

El misterio no hizo sino aumentar cuando Gastonbury apareció ante ellos y Rosamund volvió a ponerse en tensión. Agravar creyó oír una especie de gemido, como de llanto.

—Gastonbury —le dijo al oído.

—Sí —susurró ella con voz débil.

¿Realmente era aquélla la misma mujer que lo había amenazado con su propia arma, incluso estando rota? ¿Por qué de pronto parecía tan acobardada, tan distinta a la joven desafiante que había encontrado en el bosque?

Aún más extraño era el modo en que le afectaba a él su reacción, esa mezcla de valentía y miedo. Agravar tuvo que hacer un esfuerzo para no apretarla con fuerza contra sí, para no dejarse llevar por un instinto de protegerla que no comprendía.

Era una sensación agradable, pero también era deseo.

Fue entonces cuando recordó el motivo por el que lady Rosamund estaba allí. Había ido a hacerle una corta visita a su prima en su camino hacia la mansión Berendsfore, hogar del distinguido caballero sir Robert de Berendsfore, con quien había de casarse.

Por eso no dijo ni hizo nada que pudiera indicar que había percibido su tensión.

Cinco

Una vez hubieron atravesado las puertas del castillo, el grupo no pasó por los establos, se dirigieron directamente a la torre del homenaje. Los hombres estaban cansados y hambrientos y allí también había sirvientes que se ocuparían de los caballos.

Rosamund estaba exhausta, además de despeinada y cubierta de polvo del camino. Pero sobre todo se sentía desconsolada y, en el fondo, aterrada.

El sonido de su nombre la sacó de sus pensamientos, era una hermosa mujer que corría hacia ella. Agravar desmontó primero y luego la ayudó a bajar con sus enormes y hábiles manos.

—Rosamund, bienvenida —le dijo la mujer—. Soy tu prima, Alayna.

Rosamund se volvió hacia ella e, inesperadamente, se encontró en medio de un abrazo. Aquella repentina cercanía la sorprendió. Alayna se encontraba en un avanzado estado de embarazo y su abultado vientre se apretó contra la delicada figura de Rosamund, que se quedó helada mientras un escalofrío le recorría la espalda.

La silueta de su madre, su cuerpo redondeado frente a ella. Las manos sobre el vientre, como para proteger la incipiente vida que había en su interior. Volviéndose hacia Rosamund con los labios entreabiertos para decir...

Alayna la agarró de los hombros y la observó.

—¿Qué ha ocurrido? ¿Habéis tenido un accidente?

Afortunadamente, Alayna no se parecía en nada a la etérea belleza de la madre de Rosamund. Aquélla era una mujer de rasgos fuertes, cabello negro y ojos azules. La total falta de parecido hizo que Rosamund volviera a la realidad rápidamente.

—Nos atacaron unos salteadores de caminos —respondió Rosamund aún con voz temblorosa—. Hubo una persecución. Bueno, dos en realidad.

Alayna abrió los ojos de par en par.

—Lucien, ¿cómo ha sido? —preguntó volviéndose a mirar a su marido, que acababa de acercarse.

Lucien apretó los dientes con cierto nerviosismo.

—Ya hablaremos de ello más tarde. En privado.

A Rosamund se le aceleró el corazón al sentir el tono de advertencia de su voz.

—No te preocupes, prima —se apresuró a decir poniéndole una mano en el hombro a Alayna.

Pero ella hizo caso omiso a sus palabras.

—¿No te pedí que fueras hasta la frontera de tus tierras para asegurarte de que mi prima llegaba sana y salva? ¿No me prometiste que lo harías?

—Fue culpa mía —afirmó Agravar de pronto.

—Tú calla, vikingo. Mi marido no necesita que lo defiendas.

Rosamund estuvo a punto de gritar de miedo al oír la respuesta de su prima, temiendo la reacción de Agravar. Sin embargo, el vikingo se limitó a bajar la mirada y Rosamund se fijó en que le temblaban los hombros.

—¿Y bien? —preguntó Alayna dirigiéndose de nuevo a su marido.

—Lo cierto es que olvidé mi promesa, Alayna —las palabras se atragantaron en su boca como si le costara mucho decirlas. Rosamund creyó que a continuación llegaría la explosión de ira, pero Lucien siguió hablando con gesto arrepentido—. Perdóname —hizo una pausa—. Por favor.

—Necesito saber lo que ha pasado antes de poder garantizarte perdón alguno. Sinceramente, Lucien, ¿acaso crees que te pido las cosas por diversión... ¡Ay! —exclamó de pronto llevándose la mano al vientre.

Lucien fue junto a ella con el rostro lívido.

—¿Qué ocurre? ¡Dios! ¡Pelly, trae al boticario ahora mismo! ¡Y la comadrona!

Pero Alayna lo retiró de un manotazo.

—Calla, loco, apártate de mí. Sólo ha sido un pinchazo. No vas a librarte de las preguntas que tengo intención de hacer. Ven —y comenzó a caminar con cierta dificultad hacia la puerta de roble del salón.

Lucien se pasó la mano por el pelo varias veces y mientras la veía alejarse, murmuró:

—De lo que no voy a librarme es de la horca que me pondrás al cuello cuando se te antoje.

Rosamund cerró los ojos al oír aquello y al volver a abrirlos, vio con alarma cómo su prima se volvía a mirar a su marido con cara de pocos amigos.

—¿Has dicho algo, Lucien?

—Nada importante —respondió él y enseguida fue tras ella.

—Venga, lady Rosamund —le dijo una voz suave que enseguida identificó como la de Agravar.

—¿Va a golpearla? —le preguntó Rosamund con tal miedo que no se dio cuenta de que le había puesto la mano en el pecho.

—¿Golpearla? —repitió él como si no comprendiera.

—Impídalo, por favor. Mi prima no tenía mala intención.

—Rosamund, lord Lucien jamás le levantaría una mano a su esposa. La quiere tanto que dejaría que le cortaran el brazo derecho por ella. Jamás haría nada que le causara el menor daño.

Rosamund se abrazó a sí misma y le dio la espalda al vikingo. De pronto tenía frío.

Él no lo comprendía. Nadie habría sospechado tampoco la maldad de Cyrus. Ella no podría hacérselo ver.

—Me gustaría asearme un poco —murmuró.

—Claro. Margaret le enseñará la habitación que le ha designado Alayna. La veré en la cena, Rosamund.

—Sí —estuvo a punto de darle las gracias, pero después se lo pensó mejor. Aquel hombre le había arrebatado la libertad y la había llevado allí, la parada previa a encontrarse con su temido destino. No tenía nada que agradecerle.

Siguió a la criada que le había señalado y al pasar por un grupo de mujeres, vio a una joven con mucho pecho y una larga melena que la miraba fijamente. Con una mano en la cadera, observaba a Rosamund con un incomprensible desprecio.

Una segunda joven dijo algo que las demás recibieron con un coro de risas. La mujer sonrió fríamente y se dio media vuelta con arrogancia.

—Por aquí, milady —le indicó Margaret.

—Ah, sí —respondió Rosamund obedientemente.

Lady Veronica de Avenford, muy parecida a su hija Alayna aunque algo más baja y quizá menos espectacular, estiró el último vestido de Rosamund y se lo dio a Hilde para que lo colocara en el baúl.

—Parece que todo está en orden —anunció esbozando una sonrisa—. Después de tanto ajetreo sólo había que estirarlos un poco y volver a doblarlos bien.

—Ha sido muy amable al ayudarnos —respondió Rosamund.

—Le sacaré el vestido verde para la cena —sugirió Hilde.

Pero fue Veronica la que respondió.

—No, Hilde. Tu señora ha tenido un día muy duro y debe quedarse descansando, y supongo que a ti te vendrá bien. Será mejor que le traigas la cena en una bandeja para que después pueda irse temprano a la cama.

Rosamund se acercó a la ventana.

—No tienes por qué molestarte, Hilde. No tengo hambre.

—Ve a buscar la bandeja —le ordenó Veronica a Hilde.

Su doncella también tenía tendencia a dar órdenes y nunca se comportaba con docilidad, por eso Rosamund se sorprendió tanto al oír que respondía:

—Sí, señora —y salió por la puerta.

Veronica tenía un modo de decir las cosas que hacía que resultara difícil desobedecerle, pensó Rosamund.

—Ven aquí, Rosamund. Estás inquieta.

—Hay cosas que me tienen preocupada —admitió ella, mientras se sentaba donde le había indicado.

—Sé que ha sido un día muy cansado —dijo Veronica—. Tu doncella está ocupada, deja que yo te cepille el pelo y así estarás lista para meterte en la cama en cuanto termines de cenar.

Hilde había dejado en el tocador su cepillo de plata y los dos peines con incrustaciones de perlas. Veronica agarró el cepillo y lo observó con admiración.

—Es precioso —comentó antes de empezar a cepillarla.

—Fue un regalo de mi padrastro —respondió Rosamund con cierta rigidez.

—Entonces debe de ser un recuerdo muy querido para ti.

A eso no respondió.

Después de un rato, Veronica se echó a reír suavemente.

—Espero que mi hija no haya hecho que te lleves una mala impresión de Gastonbury.

—¿Alayna? ¿Cómo habría de hacer algo así?

—Está muy rara. Lucien está muerto de preocupación por ella. Jamás lo admitiría, pero teme por ella, puedo verlo en sus ojos, en la ansiedad con que la mira. Y ella no se lo pone nada fácil; se enfada por nada y parece haber perdido toda capacidad de razonamiento. Lucien es un bendito que lo tolera todo. Alayna lo sabe, pero dice que no puede controlar su genio; jamás había visto en ella tales salidas de tono. ¡Y soy su madre!

Ambas se echaron a reír, después Rosamund le preguntó:

—¿Está preocupada por ella?

—Sí. No. Bueno, supongo que sí. Una madre siempre se preocupa, pero sé que sólo es el calor y el peso del bebé lo que la tiene tan irascible. Las otras veces no fue así. Porque éste es mi tercer nieto. Tengo uno que se pasa el día corriendo de un lado a otro y la otra es un angelito que canturrea como un pajarillo. Qué tonta soy por hacerte perder el tiempo con estas cosas.

—No, señora, es muy agradable oír el orgullo con el que habla de ellos.

—Lo dices por complacer a una vieja.

—No es cierto. Soy yo la que se beneficia de su amabilidad y estoy muy agradecida.

—Si mi hija se encontrara mejor, estaría aquí encargándose de que no te faltara de nada. Sé que se siente fatal por no poder hacerlo.

—Ni, milady, ella no tiene culpa alguna.

—Lucien ha enviado un mensaje a lord Robert y quiere que te quedes con nosotros hasta que llegue una respuesta.

—Ah —sólo con oír el nombre de Robert de Berendsfore empezó a sentir frío.

Veronica terminó de recogerle el pelo en una trenza.

—Ya está. Te dejaré para que cenes tranquila y puedas descansar.

—Muchas gracias, señora.

Veronica le puso la mano en la mejilla y sonrió.

—Descansa —le dijo con un gesto de incertidumbre que desapareció enseguida.

—Eso haré.

—¡Y come! —le dijo antes de salir.

Rosamund se echó a reír, a pesar de todas las preocupaciones.

—Lo intentaré.

La oscuridad era absoluta cuando despertó jadeante y sudorosa por culpa del sueño. Había visto a su madre caer...

Meneó la cabeza para deshacerse del recuerdo. Se levantó de la cama y fue a lavarse la cara con el agua que había quedado en la jofaina. Mojó el paño y se lo pasó por la cara, el cuello y los brazos hasta que se le puso la carne de gallina.

Era una noche cálida, pero corría una brisa fresca muy agradable. Se echó una sábana por los hombros y fue hasta la ventana, allí se subió a un taburete para poder asomarse y escuchar todos los sonidos nocturnos. El coro de grillos le resultó muy relajante.

El sueño había desaparecido, pero estaba desvelada e inquieta. Pensó en Alayna, que se había preocupado tanto por ella. En lady Veronica, cuya amabilidad le había llegado al alma. En cierto modo le recordaba a su propia madre; no se parecían en nada en particular, sólo en esas cosas que eran comunes a todas las madres. Las cosas que decían, la forma de mirar, las sonrisas... cosas que resultaban cálidas y reconfortantes.

Entonces pensó en Lucien y recordó el gesto de enfado. También pensó en Agravar y en la sorprendente suavidad de sus manos cuando la habían tocado.

Se peguntó dónde estaría Davey y cuándo la encontraría. Y se preguntó qué haría ella si su amigo no conseguía encontrarla.

Seis

El calor arreció lo suficiente para que los moradores de Gastonbury pudieran abandonar el fresco interior del castillo donde habían permanecido durante los últimos quince días. Se colocó una enorme tienda en el prado y Alayna llevó a sus hijos para que jugaran allí, bajo la atenta mirada de su madre y la compañía silenciosa de su prima.

La excursión se vivió como si fuera un día de fiesta. Veronica, Alayna y Rosamund descansaban sobre almohadones bajo la copa de los árboles, los hombres andaban por allí. Las parejas paseaban por los alrededores o se reunían a la sombra de los árboles en busca de un lugar más íntimo donde conversar. Todo el mundo estaba alegre y los músicos interpretaban melodías que volaban con la fresca brisa, mezclándose con las risas.

—¡Margaret, cántanos una canción! —gritó un hombre.

—¿Milady? —preguntó Margaret a su señora en busca de permiso.

Alayna asintió. A pesar de haberse suavizado las temperaturas, Alayna parecía cansada.

Margaret no se hizo esperar y comenzó a cantar al son de la lira. Rosamund sonrió y cerró los ojos para dejarse llevar por la belleza de la música y deleitarse en la paz del momento.

—Canta como una alondra —le susurró Veronica al oído—. Pero la muchacha es demasiado vanidosa.

Otra voz más dura y llena de violencia resonó en la memoria de Rosamund. «¡Furcia vanidosa!»

Abrió los ojos de inmediato y miró a Veronica, cuya sonrisa hizo que desapareciera aquel recuerdo, dejándole sólo el corazón acelerado.

Rosamund respondió algo y volvió a quedar en silencio. A veces tenía miedo de volverse loca, pensó mientras se frotaba la sien. Pero el dolor fue desapareciendo igual que se esfumaba la luz del relámpago en el cielo después de llenar de terror al que lo observaba. Sólo quedaba el miedo a que volviera a ocurrir y a que entonces no pudiera evitar el daño.

Así era su pasado.

—¿Rosamund?

—Sí, milady.

—¿Te encuentras bien?

—Sí, sí. Perfectamente.

Levantó la mirada con sonrisa forzada y prestó atención a la música, pero siguió sintiéndose inquieta. Fue entonces cuando se encontró con la mirada de Agravar sobre ella. Tenía la sensación de que aquel vikingo siempre estaba observándola.

La idea la aterraba y emocionaba al mismo tiempo, pero lo segundo no alcanzaba a comprenderlo. Apartó la vista de él rápidamente como si aquellos increíbles ojos azules pudieran verla por dentro. Y descubrir todos sus secretos...

Un golpe en la pierna la apartó bruscamente de sus pensamientos y la hizo gritar de dolor.

El joven Aric de Montreigner, de cuatro años, la miraba con los ojos y la boca abiertos, era la expresión de miedo de un niño que sabía que había ido demasiado lejos.

—¡Aric! —exclamó Alayna.

—¡Lo siento! ¡Lo siento! —se apresuró a decir su hijo—. Ha sido sin querer, madre. Estaba luchando contra los infieles. Bryan era Saladino y yo, el rey Ricardo, pero se me fue la pierna y...

—Lucien —dijo Alayna mientras le quitaba a su hijo la espada de madera que llevaba en la mano—,

¿has estado contándole a Aric historias sobre las Cruzadas?

Lucien se las arregló para parecer severo y cauteloso al mismo tiempo, mientras hacía algunos sonidos con los que no negaba ni confirmaba nada.

Al mirar a Aric, Rosamund sintió una enorme compasión por el pobre muchacho que sólo se había dejado llevar por el juego. Sin pararse a pensarlo un momento, se puso en pie y abrazó al pequeño.

—Perdónalo, Alayna. Aric sabe que a mí también me encanta jugar a los soldados —Aric la miró como si fuera la primera vez que la veía, pero ella continuó hablando—: Los dos sentimos fascinación por las Cruzadas y las grandes aventuras de los caballeros que las llevan a cabo.

El niño reconocía una mentira cuando la oía, pero también le habían enseñado a respetar a sus mayores. La disyuntiva entre aceptar aquella excusa como cierta o denunciarla por honestidad se reflejó en el rostro del pequeño. Rosamund no pudo por menos de sonreír y acariciarle la mejilla, conmovida por su angustia.

—Bueno, admito que nunca hemos hablado de ello, pero los espíritus afines siempre presienten ese tipo de cosas, por lo que probablemente Aric sabía que a mí no me importaría jugar con él.

—No puedes ir por ahí golpeando a las damas —lo reprendió Lucien suavemente.

—Desde luego que no —añadió Alayna con más ímpetu.

—No volveré a hacerlo, madre, lo prometo —respondió Aric solemnemente antes de lanzarle una mirada de agradecimiento a su salvadora.

—Muy bien. Ven dentro de un rato por tu espada y veremos si has encontrado una manera mejor de utilizarla que agrediendo a nuestra invitada.

Rosamund miró al pequeño, que asintió con evidente decepción por tener que prescindir de su juguete aunque sólo fuera un rato, y no pudo evitar acariciarle la cabecita de pelo negro como el de sus padres.

No había pasado mucho tiempo con niños en su vida, por lo que no se había dado cuenta de lo mucho que le gustaban, ni había considerado la idea de tener uno propio algún día. Hasta aquel momento. Antes de eso siempre había sentido miedo y angustia al imaginarse su existencia como esposa y madre.

En los últimos días había descubierto que las travesuras de aquel pequeño la hacían sonreír y a menudo sentía el deseo de abrazar a su hermana pequeña.

Aric salió corriendo y, al seguirlo con la mirada, Rosamund vio que Agravar se acercaba a ella.

—Así que es usted admiradora de los caballeros de las Cruzadas.

—Lo cierto es que no sé absolutamente nada de

ninguna Cruzada ni de ningún caballero —hizo una pausa para pensar en ello—. Bueno, he oído hablar del rey Ricardo, pero ése otro… Sanadrino, ¿quién era?

Agravar torció la boca.

—Saladino era el gran enemigo del rey Ricardo. Un adversario inteligente y brillante estratega que mantuvo en jaque a nuestro rey.

—Parece admirar mucho a ese Saladino.

—Eso sería herejía, ¿verdad? Por tanto tendré que decir que Saladino era un infiel desalmado que contaba con la ayuda del demonio y que gracias a eso consiguió vencer a nuestro bendito monarca.

Rosamund no pudo evitar sonreír.

—Puede estar tranquilo, señor, no voy a denunciarlo.

Agravar se llevó la mano al pecho para decir:

—Es un gran alivio —después señaló un lugar libre junto al que ella había ocupado—. ¿Puedo?

—Claro —respondió Rosamund, sorprendida de que la perspectiva de charlar con él no le resultara tan insostenible como habría cabido pensar.

Así pues, se sentaron el uno junto al otro. Rosamund lo miró de reojo para ocultar lo que sentía. Los ángulos de su rostro parecían esculpidos en granito. Parecía satisfecho con el hecho de sentarse simplemente y observar la alegre reunión en silencio. Un ángel guerrero, dorado y poderoso, descansando.

Rosamund sentía verdadera curiosidad por él.

—Ha dicho «nuestro monarca», sin embargo usted es danés, ¿no es cierto?

Agravar bajó la cabeza un momento, antes de volver a mirarla y responder tajantemente.

—Soy inglés.

—Ah.

—Mi madre era una lady inglesa —añadió como si lamentara su dureza anterior.

—Ah.

—¿Qué le parece Gastonbury? —preguntó entonces, empezando de nuevo.

—Es agradable.

Él asintió y después quedó en silencio.

Rosamund respiró hondo mientras sus dedos tamborileaban en el suelo. El silencio continuó.

—¿Por qué está siempre tan nerviosa? —le preguntó él de pronto.

—¿Nerviosa, yo? No estoy nerviosa.

Agravar se echó a reír, pero con amabilidad.

—Sí, nerviosa, usted. Es más asustadiza que un potro salvaje.

Se llevó la mano al cabello y se lo alisó con gesto ausente antes de responder.

—Quizá piense eso porque está en su naturaleza desconfiar de todo.

—Milady, tengo una naturaleza de lo más amigable, nada desconfiada. Sin embargo sí me resulta sospechoso que se le haya ocurrido algo así.

—Entonces admite que sí que es desconfiado.

Agravar abrió la boca, frunció el ceño con gesto confundido y volvió a cerrarla.

—Esta conversación no tiene sentido.

—Entonces acabémosla aquí.

—Muy bien.

Pero fue ella la que volvió a hablar poco después.

—¿Por qué siempre me está mirando?

Él sonrió sin mirarla.

—Por su increíble belleza, claro.

—Yo no soy ninguna belleza, señor.

Entonces sí la miró y lo hizo con tremenda intensidad.

—Quizá se esté subestimando.

—Ningún trovador cantaría un solo verso a mi rostro. Ese tipo de homenajes los merecen bellezas como la de Alayna.

—Sin embargo, he observado que ese tipo de hermosura puede convertirse en una verdadera maldición. Hay otros atractivos que puede poseer una mujer. El misterio, por ejemplo.

El corazón le dio un vuelco al oír aquella palabra. ¡Misterio!

—Qué absurdo. ¿Cuál puede ser el misterio de una mujer?

—Yo diría que muchos.

—A las mujeres no se nos permiten misterios —no pudo evitar que en su voz hubiera cierta amargura.

—¿Qué quiere decir con que no se les permite?

—Pues que no tenemos derechos, no podemos elegir. Siempre estamos a merced de nuestros hombres.

—Razón de más para que su corazón sea un secreto —respondió afablemente.

—Secretos... las mujeres tenemos muchos secretos, es cierto —concedió—. Pero usted ha utilizado el término «misterio», lo que denota que se trata de un secreto de interés o importancia. Me temo que nuestros secretos no tienen el menor interés para los hombres; sólo nos importan a nosotras.

—Es una lástima oírle decir eso. Creo que su nueva amiga, lady Veronica, la regañaría por sentirlo así; ella le daría una visión muy diferente sobre los atributos de las mujeres, una visión que yo considero mucho más justa.

—¿No está de acuerdo conmigo? Es raro porque pensamos igual en muchas otras cosas.

—Milady —comenzó a decir con una ligera sonrisa—, soy el menos indicado para hablar de las mujeres, pues jamás me atrevería a decir que sé lo más mínimo sobre ellas.

—Debe de tener algún conocimiento al respecto —le dijo en tono travieso.

—Ninguno en absoluto.

—¿Entonces por qué esas tres mujeres de ahí no dejan de mirarlo?

Rosamund se dio cuenta de que lo había sorprendido y se vio invadida por el impulso de seguir jugando con él.

—¿No será ésa su mujer? Si es así, le rogaría que le dijera que dejara de lanzarme esos puñales que salen de sus ojos cada vez que me mira.

A Agravar no le gustó oír aquello y al principio Rosamund creyó que lo había hecho enfadar, pero entonces vio el modo en que miró al trío. Las tres mujeres reaccionaron de inmediato, lanzándole seductoras sonrisas.

—Esas idiotas no me dejan paz.

—¿Entonces ninguna de ellas es su amada? —preguntó Rosamund con fingida inocencia.

Parecía horrorizado con la idea.

—Por supuesto que no, se lo aseguro.

Rosamund habría querido aplaudir ante la satisfacción de ver a aquel hombre enorme avergonzado.

—No tiene por qué sentirse mal por buscar un poco de romance. Estoy segura de que cualquiera de ellas recibiría de buen grado sus atenciones, a juzgar por cómo le sonríen.

—Sí, Rosamund, sé perfectamente a lo que estarían dispuestas, pero no tengo el menor interés. ¿Ahora podríamos cambiar de tema?

—Muy bien. No es asunto mío, por supuesto, es sólo que parecían tan...

—¿Podemos dejarlo, señora?

Rosamund se encogió de hombros.

—Es que no parece que tengamos nada más de que hablar.

Agravar la observó unos instantes antes de decir:

—Quizá podríamos volver a lo que hablábamos antes, a que usted es mucho más de lo que parece.

—Pensé que habíamos llegado a la conclusión de que la culpa de todo la tenía su naturaleza desconfiada.

—Milady —dijo riéndose—, su habilidosa lengua podría llegar a confundirme.

¿Lengua habilidosa? ¿Ella? Había estado más certero cuando la había descrito como asustadiza. Al menos así era como solía verse a sí misma, pero lo cierto era que su ingenio parecía estar a la altura de él. Algo que le estaba resultando muy satisfactorio. De hecho, había empezado a relajarse.

—Me parece que es su vanidad lo que lo confunde —respondió por fin.

El modo en que la sonrisa no llegaba a aparecer en su rostro, sino que se limitaba a acariciar sus labios le provocó una extraña sensación a Rosamund, una especie de excitación.

—¿Eso cree? —dijo, inclinándose ligeramente hacia ella—. Es la primera vez que alguien me acusa de ser vanidoso. El orgullo y la obstinación suelen ser los vicios con los que se me relaciona. Pero nunca con la vanidad.

—Es usted un hombre muy poco común; no es habitual oír a alguien admitir sus defectos e incluso enumerarlos con tal tranquilidad. Los hombres suelen considerarse infalibles.

—Soy humano, eso es algo que siempre estoy dispuesto a admitir. Pero, para ser justo, debería también mencionar mis virtudes. Entre las cuales destaca la modestia, naturalmente.

Rosamund no pudo contener la risa.

—Naturalmente.

—Y la valentía. Por no hablar de mi atractivo.

—Eso es incuestionable.

El brillo de sus ojos y el dulce sonido de su risa la inundaron de placer.

—Tengo otros atributos, por supuesto, pero como soy modesto, como ya le he dicho, no voy a jactarme de ellos.

—Es una lástima.

—¿Por qué, milady?

Rosamund sonrió y de pronto descubrió con enorme sorpresa que estaba coqueteando.

—Porque estaba aprendiendo mucho de usted.

Pero entonces él cambió de actitud. La sonrisa desapareció de su rostro, apretó los dientes y apartó la mirada.

¿Qué había ocurrido?

—Debemos de tener mucho tiempo libre para perderlo en una conversación tan tonta —dijo, al tiempo que se ponía en pie y miraba a su alrededor, como si se sintiera seguro—. Me he entretenido demasiado.

Rosamund lo vio marchar sin comprender. Se sentía ofendida y enfadada, pero sobre todo tuvo una extraña sensación de pérdida. Y de vergüenza... ¿habría dicho algo inapropiado? ¿Qué había hecho para que Agravar reaccionara de ese modo?

Sólo había dicho que estaba aprendiendo mucho de él, pero sólo había sido parte del juego, de aquella locura sin importancia que la había hecho sentir algo completamente nuevo para ella. Había sido divertido.

Por supuesto que había sido una tontería, pero muy divertida.

Quizá para él no lo había sido. Quizá ella lo hubiera interpretado mal. Pero no importaba, no tenía energías para tratar de comprenderlo.

Gastonbury estaba resultando muy desconcertante para ella y sin embargo no deseaba que su estancia allí llegara a su fin, pues después la esperaba el infierno. El matrimonio.

Ambas cosas eran lo mismo.

Siete

Siempre la estaba observando. Como puntos de presión en la espalda, Rosamund sentía su mirada cada vez que se aventuraba a salir de su habitación. Hablaban de vez en cuando, de nada importante, nada tan excitante como la conversación que habían tenido aquel día bajo la tienda. Pero él seguía mirándola.

Por eso, cuando aquella noche Rosamund vio a Davey sentado a una de las mesas del salón, supo que tendría que actuar con mucha cautela.

Agravar tenía la certeza de que a Rosamund le ocurría algo. Aunque no estaba muy seguro de qué era exactamente, tenía la intención de averiguarlo.

Lord Robert había enviado un mensaje en el que anunciaba que viajaría a Gastonbury para recoger a su prometida personalmente. Después de enterarse de la terrible experiencia sufrida antes de su llegada allí, su futuro esposo quería asegurarse de que llegaba sana y salva y para ello le ofrecía su propia guardia como protección para el viaje hacia su nuevo hogar en Berendsfore.

Así pues, Agravar disponía de poco tiempo para descubrir qué era lo que tanto preocupaba a la bella dama de ojos tristes. En ningún momento se detuvo a analizar por qué era tan importante para él.

Sólo la observaba.

Una noche, durante la cena, al ver que Rosamund miraba a su alrededor y salía furtivamente del salón, Agravar la siguió.

El sigilo no era su principal virtud, más bien lo era la fuerza bruta. Sin embargo consiguió seguirla hasta la escalera del torreón sin hacer ruido. La escalera estaba oscura y silenciosa; no se oían pasos. Agravar comenzó a subir poniendo la mano en el muro para guiarse. Oía a Rosamund un poco más arriba y se movió un poco más rápido para que no se le escapara.

Las cinco escaleras de los torreones del castillo conectaban las diferentes cámaras y pasillos de las tres plantas del edificio. Aquel torreón en particular tenía varias puertas a las diferentes habitaciones; la lavandería, los dormitorios, la sala de costura y la habitación que se encontraba en lo más alto, utilizada normalmente para los invitados.

Agravar no encontraba un motivo por el que Rosamund quisiera visitar ninguno de esos lugares a esa hora del día. De pronto la vio, su silueta gris oscura entre las sombras. Sin duda había oído sus pasos y había acelerado el ritmo. Agravar cubrió la distancia que los separaba y la agarró. Ella gritó y trató de zafarse de él.

Su perfume lo invadió. ¿Qué demonios era aquel aroma, una especie de pócima mágica?

—Rosamund, soy yo, Agravar.

Ella se dio media vuelta y Agravar bajó la mano hasta su cintura. Pudo sentir la delicadeza de su cuerpo; fuerte y al mismo tiempo frágil.

¡Maldito perfume! Se sentía completamente aturdido y comenzó a mover las manos sin realmente pensar en lo que estaba haciendo. Sabía lo que deseaba hacer, pero también sabía que no debía hacerlo. Aquella mujer era una dama, una dama prometida en matrimonio e invitada de su amigo y señor, prima de la esposa de su señor... Al diablo con todo. Agravar se dejó llevar por el impulso y bajó la cabeza.

Sintió su respiración en la mejilla, una respiración tan acelerada como la suya. La atrajo un poco más hacia sí, con una intensa necesidad que estaba poniendo a prueba su autocontrol. De pronto una parte de él que no se había dejado afectar por su cercanía y por su aroma dio la señal de alarma. Honor. Sí, el honor era lo que lo definía como hombre, lo que lo convertía en la antítesis de lo que había sido su odiado padre.

Honor.

Rosamund hizo un ruido, una especie de gemido como si Agravar estuviera haciéndole daño. Fue muy débil, pero suficiente para hacerle entrar en razón y que la soltara.

Tambaleándose, Rosamund se alejó hasta una ventana y se agarró al alfeizar.

—¡Me ha asustado! —exclamó en tono acusador.

Tenía el pelo despeinado y las mejillas sonrojadas.

Agravar se dio cuenta de que le suponía un esfuerzo físico no dejarse llevar por el deseo de ir junto a ella y abrazarla.

—¿Quién creía que era?

—¿Por qué me ha seguido?

—Yo he preguntado antes.

—No sé... podría haber sido cualquiera.

No había ni rastro de la mirada desafiante que había habido en sus ojos el otro día, de nuevo se mostraba asustadiza.

—Supongo que sabe que aquí está salvo. ¿Quién podría hacerle daño en la casa de su prima?

Rosamund bajó es rostro.

—¿Acaso cree que el mal reina sólo en ciertos lugares? El mal puede llegar a cualquier parte, incluso a hogares como éste, se lo digo yo.

—¿Es usted una experta en el mal, Rosamund?

Cuando volvió a mirarlo, había algo salvaje en sus ojos grandes y redondos, que brillaban en el hermoso rostro. Aquella mirada le sorprendió, igual que le sorprendió su respuesta:

—Sí, lo soy. En todo tipo de mal.

Agravar parpadeó, intentando comprender lo que quería decir aquella respuesta. Finalmente se limitó a tenderle la mano.

—Venga. Volvamos al salón.

Era tan ingenua, tan transparente. Miró hacia arriba, donde la escalera se perdía en la oscuridad y contestó, titubeante.

—Yo... había pensado dar un paseo para conocer un poco mejor el castillo.

—Qué mal miente.

Volvió a mirarlo con ese brillo salvaje en los ojos.

—¡Me ofende! ¿Qué motivos tiene para cuestionarme de ese modo?

¿Qué motivos tenía? Sólo el hecho de que todo su cuerpo reaccionara de manera instintiva cada vez que ella estaba cerca, que había algo en el fondo de su ser que lo conectaba con aquella mujer a la que apenas conocía. Sólo que su alma le hablaba de ella y le decía cosas inquietantes.

Pero no podía decirle nada de eso, así que sonrió y meneó la cabeza.

—Puedo hacerle una visita guiada. ¿Vamos hasta lo alto del torreón a ver qué encontramos allí?

De pronto volvió a mostrarse nerviosa.

—No. Ya llevamos demasiado tiempo en estas escaleras, mejor vamos a algún lugar donde haya aire fresco.

—Insisto, milady. No quiero que cambie de planes por mí —la agarró de la mano y tiró de ella hacia lo alto de la torre—. Juntos conquistaremos el torreón.

Rosamund se resistió ligeramente, pero eso no impidió que fuera subiendo poco a poco los escalones. La pequeña cámara que había en lo más alto estaba cerrada.

—¿Lo ve? —le dijo ella con voz temblorosa—. Aquí no corre el aire, no es saludable. Salgamos al jardín o, mejor aún, al patio.

Agravar examinó la pequeña habitación hasta comprobar que allí no había lugar alguno donde se pudiera haber escondido alguien. ¿Cómo se le había ocurrido algo así? Era ridículo pensar que Rosamund se hubiera escabullido del salón para acudir a alguna cita secreta. ¿Con qué propósito? ¿A quién podría conocer ella en Gastonbury con quien no pudiera hablar delante de todos?

No obstante...

Había tantas puertas que conducían a aquel torreón... Quizá su destino no hubiera sido aquella cámara o quizá, si había habido alguien esperándola, se hubiera escabullido al oír que subía acompañada.

Rosamund lo agarró del brazo y comenzó a bajar. Tras pasar por la puerta del salón, siguieron bajando hasta la puerta que conducía a un pequeño patio cerrado.

El sol estaba ya bajo y aquel lugar lleno de árboles frutales resultaba muy agradable. Los árboles, cargados de peras y manzanas, parecían centinelas. Pero Agravar sabía que era sólo una ilusión porque en Gastonbury, él era el capitán de la guardia. Era él el que protegía el lugar de toda amenaza, incluso del improbable peligro que pudiera suponer una hermosa doncella de cabello dorado y ojos castaños.

Rosamund se movía distraídamente, inmersa en sus pensamientos. Agravar la seguía a una distancia prudencial, su cuerpo aún ardía en los lugares que ella había rozado.

—Aquí se está muy fresco —comentó ella.

—Sí, es muy agradable.

Hubo un breve silencio.

—El patio de mi casa no está tan protegido como éste y no es ni mucho menos tan acogedor. Me gusta esto.

—¿El patio, o Gastonbury?

—Me gusta Gastonbury. Aquí he encontrado

mucha amabilidad... Alayna y su madre. Lady Veronica tiene mucha paciencia conmigo —el temblor de sus manos delataba su nerviosismo—. Odio la idea de tener que marcharme.

Aquellas palabras lo sacudieron de golpe. Casi había olvidado que lord Robert se la llevaría pronto a Berendsfore. Se apoderó de él una extraña sensación de pérdida.

—¿Tiene familia aquí, en Gastonbury? —le preguntó ella—. Ya me dijo que no era danés.

—Mi hermano vive en este castillo.

—¿Su hermano? Pero no he visto ningún otro vikingo.

—Sin embargo lo conoce, aunque creo que no le tiene mucha simpatía. Lucien es para mí un hermano y es la única familia que tengo.

¿No tiene a nadie más?

—No.

Rosamund dio unos pasos más y levantó la mirada hacia el cielo. El sol del atardecer iluminó su hermoso rostro.

—Yo también estoy sola.

Fue lo último que dijeron aquella tarde. Estuvieron juntos un rato más antes de que ella volviera dentro. Agravar siguió allí hasta que la oscuridad fue total, y las palabras de Rosamund no lo abandonaron.

Ocho

Gastonbury debía de ser un lugar mágico, pensó Rosamund. Había conseguido lo imposible.

Había hecho que olvidara.

Tenía la sensación de que le hubieran concedido una vida nueva donde el pasado... el pasado no importaba.

Después de sentirse cómoda y segura durante dos semanas, apenas se reconocía a sí misma. Por primera vez en su vida, sabía lo que era sentirse profundamente satisfecha y feliz.

Una tarde se sentó en el patio junto Alayna y Leanna, que era tan tímida y tranquila como su hermano revoltoso. Lucien y Alayna adoraban a su pequeña y era la debilidad de su abuela. Verónica observaba con deleite mientras la pequeña jugaba con Rosamund.

—Es un ángel —comentó Veronica—. Aunque debo admitir que no sé de quién ha heredado tanta tranquilidad. Su madre era muy traviesa, siempre me tiraba la cesta de la costura y me enredaba todos los hilos. Nunca se quedaba quieta ni un instante. En cuanto a su padre, no tengo la menor duda de que era un diablillo.

Rosamund guardó silencio, pues su opinión de Lucien no era muy halagadora. La imagen del señor de Gastonbury seguía haciéndola temblar incluso después de un mes de ser su invitada.

—Tengo que preguntar cuándo vendrá la madre de Lucien —continuó diciendo Veronica—. Suele venir siempre por Pascua y es la semana más molesta del año. El resto del tiempo vive en un convento.

—Qué raro —comentó Rosamund—. ¿Cómo es que viene para tan poco tiempo? ¿No es una mujer agradable?

—Es muy educada, pero también un poco fría. Pero conociendo su pasado, resulta comprensible. Ha cometido muchos errores en su vida y tiene que ser muy duro tener que vivir ahora con las consecuencias. Ay, Rosamund, cuando se es viejo uno se da cuenta de todo lo que se ha dejado atrás... a veces pesa mucho.

—Pero seguro que usted no tiene nada que lamentar.

—No, no lamento nada. Pero siempre hay cosas que nos gustaría haber hecho de otro modo. Momentos en los que nos habría gustado decir lo que pensábamos y quizá no haber perdido el tiempo en peleas.

—Se refiere a su marido. ¿Aún lo echa de menos?

—Claro —respondió Verónica con una sonrisa—. Siempre lo echaré de menos. Era un hombre magnífico y yo lo amaba —meneó la cabeza como para cambiar de tema.

—Yo perdí a mi hermano cuando tenía diez años. Cayó enfermo y murió. Y, por supuesto, siempre echaré de menos a mi madre —añadió con voz tranquila—. Es muy triste perder a alguien a quien se quiere tanto.

Verónica le puso una mano en el brazo en un gesto de amable comprensión.

—Desde luego que lo es, querida niña.

Rosamund sintió que estaba invitándola a desahogarse y, sorprendentemente, Rosamund se dio cuenta de que deseaba hacerlo.

—Yo sólo tenía doce años cuando murió. Aquella noche vino a mi habitación y se sentó en mi cama. Yo aún no me había quedado dormida, pero tampoco estaba completamente despierta. Recuerdo que me puso la mano en la frente y me apartó el pelo como hacía siempre. Después me deseó felices sueños como cada noche y me dio las buenas noches.

Pero había algo más. Algo que no recordaba bien, que no deseaba recordar. Siempre estaba ahí, en sus sueños... el peligro de lo que podría recordar si lo pensaba durante el tiempo suficiente...

—Rosamund, querida, no hables de ello si te afecta. A veces los recuerdos son como un veneno que no deja cerrar las viejas heridas. Por doloroso que sea, hay que seguir adelante.

Así era exactamente, un veneno que la devoraba por dentro.

—Mi madre murió al caerse de las murallas del castillo. Debió de salir a mirar el cielo nocturno, lo hacía algunas veces cuando se sentía inquieta o preocupada por algo. El caso es que debió de asomarse y se cayó —«o la empujaron». Rosamund se miró las manos, que apretaba con fuerza la una contra la otra—. Supongo que nunca sabré qué pasó realmente.

Mentira.

—Pobre niña —Verónica se inclinó hacia ella y le agarró las manos entre las suyas. Se las acarició hasta que hizo desaparecer la tensión.

Rosamund bajó la cabeza, luchando contra las emociones que la invadían, cerrando los ojos con fuerza para no llorar. Si se dejaba, empezaría a llorar y no pararía en años.

Apartó las manos y respiró hondo.

—Gracias, milady. Es usted muy amable.

Verónica sonrió y le apartó un mechón de pelo de la cara.

—Puede que quieras hablar más cuando te hayas tranquilizado. Si es así, ven a buscarme, querida niña. Yo te escucharé.

Rosamund se limitó a asentir. Después, ambas volvieron a prestar atención a la pequeña Leanna.

Lucien se encontraba sentado junto al fuego del salón, con una copa de peltre en las manos. Agravar se sentó junto a él.

—Tienes un aspecto horrible —dijo Lucien—. ¿Es que ese trío de mujerzuelas han conseguido echarte el lazo por fin?

—¿Quién? Ah, esas tres. Dios, ¿es que no hay manera de hacerlas desaparecer o algo así?

—Me temo que no. No han cometido ningún delito. En Inglaterra existe el derecho consuetudinario desde hace ya dos reyes —añadió antes de tomar otro trago.

—¿Alayna está de mal humor?

—Está... llorando. No tengo la menor idea de por qué y tampoco creo que lo sepa ella. Creo... —se detuvo, apretó los dientes y después continuó hablando en un susurro—. No sé, Agravar, creo que algo va mal. Nunca la había visto así. Hay algo que la aqueja y que va más allá del bebé que lleva dentro.

—Pero tanto el boticario como la matrona dicen que está bien, tú mismo me lo dijiste.

—Lo sé, pero sé que hay algo que no anda bien.

—Hablas como un místico, Lucien. De aquí a nada te veré quemando sebo y entrando en éxtasis.

—Puede ser, viejo amigo. Si creyera que así podría salvarla, no me importaría pintarme de negro y bailar desnudo.

—Estoy seguro de que no es necesario. La cosecha está cerca y creo que si tus siervos vieran un espectáculo semejante, los cereales acabarían pudriéndose en los campos.

La broma consiguió al menos arrancarle una sonrisa.

—Bueno, yo tengo excusa para tener el aspecto que tengo. ¿Y tú? ¿Acaso ha habido algún intento de ataque del que yo no me he enterado?

—No, nada de ataques —Agravar hizo una pausa.

—¿Qué tal está esa boba, la prima de mi esposa? Dios, esa mujer me pone nervioso. No deja de mirarme como si fuera un lobo a punto de devorarla —levantó una mano para impedir que el vikingo dijera nada—. Y no se trata de nada que yo haya hecho, he tenido mucho cuidado en ser amable con ella. Tengo la impresión de que sencillamente es tonta y empiezo a pensar que sea cosa de familia.

—Lucien, todos los males de Alayna desaparecerán en cuanto vea que el niño ha llegado al mundo sano y salvo.

—Agravar, la primera vez que alguien intentó matarme tenía dieciséis años. Desde entonces lo han intentado hombres mucho más grandes y fuertes que yo, pero aquí sigo. Sin embargo, no sé si voy a poder sobrevivir a esto —le lanzó una mirada de frustración a su amigo—. Tienes suerte de no tener una mujer que te haga sufrir. Sí, señor, eres un sabio. Olvídate de la moral, acuéstate con esas tres jóvenes que no dejan de perseguirte, después emborráchate con tus compañeros de armas y alégrate de ser tu propio dueño. Es mejor que vivir con este miedo.

Agravar no dijo nada. Había sufrido todo tipo de abusos y abandonos y sin embargo nunca había oído palabras tan crueles. Se puso en pie y dejó a Lucien con la bebida y la conmiseración para ir a servirse una copa que le quitara el amargo sabor de su propia conmiseración.

Nueve

El hombre ataviado con ropa de monje dijo:

—Milady, cuanto más nos retrasemos menos posibilidades de éxito tendremos.

—No estoy de acuerdo, Davey —respondió Rosamund—. Cuanto más finja que todo va bien, más bajarán la guardia.

—¿Pero quién podría sospechar de usted? No había razón para dudar de que realmente intentaron secuestrarla.

—Razón de más para tener cuidado. Contamos con la ventaja de que nadie sabe nada, por eso no puedes volver a arriesgarte a cometer esta locura. No vuelvas a venir a mí a no ser que yo te lo pida.

Recuerda que te vieron muchos soldados de lord Lucien cuando te capturaron.

—Pero no esperan encontrarme sentado junto a ellos en el salón —señaló orgulloso, al tiempo que se llevaba la mano a la tonsura—. He sacrificado mi cabello para conseguir parecer un inofensivo fraile.

Pero Rosamund meneó la cabeza.

—Ese vikingo se dará cuenta. Lo ve todo y tiene instinto de gato.

Davey la miró con gesto de alarma.

—¿La ha molestado?

—Sólo me observa —respondió ella, al tiempo que un escalofrío, deliciosa mezcla de frío y calor, le recorría el cuerpo—. Intento evitarlo siempre que puedo, pero me sigue los pasos y me hace demasiadas preguntas.

—No tiene por qué responder ante él, no es el señor de este castillo. Ordénele que la deje en paz. Sólo es el capitán de la guardia; no debe permitirle que la acose, milady. Usted es noble y él no.

Rosamund se echó a reír al oír un punto de vista tan simplista.

—No es tan fácil deshacerse de Agravar el vikingo.

—Es usted demasiado blanda. Siempre ha sido su punto débil.

—Por favor, no nos peleemos.

—Entonces hágame caso, milady. Tenemos que

marcharnos pronto. Dentro de unos días hay luna nueva, la oscuridad de la noche nos vendrá muy bien para escapar. Podemos ir hasta el río, ya lo he arreglado todo para tener un bote esperándonos allí...

—No. Nada de botes ni de escapar en mitad de la noche, Davey. ¿Es que no te das cuenta de que nos habrían encontrado antes de un día? El marido de mi prima es una leyenda y, con ese vikingo junto a él, son prácticamente invencibles —le puso una mano en el hombro para calmarlo—. No debemos precipitarnos, tenemos que actuar con inteligencia.

Pero Davey no parecía dispuesto a tranquilizarse.

—Entonces sea inteligente, milady. Encuentre la manera de escapar. ¿Qué cree que hará lord Cyrus cuando descubra que el matrimonio que tanto desea se ha retrasado?

Aquella pregunta le cortó la respiración.

—No lo había pensado. ¿Qué crees que hará?

—Me temo que lord Cyrus es impredecible. Por eso deberíamos darnos prisa en sacarla de aquí cuanto antes y asegurarnos de que no pueda encontrarla.

—Sí —el pánico le presionó el pecho hasta que apenas podía respirar.

—Lady Rosamund, estoy a sus órdenes. Sólo tiene que decirme lo que debo hacer.

—No tengo ningún plan —hizo una pausa para

tragar saliva e intentar deshacer el nudo que le bloqueaba la garganta—. Debería ser mucho más astuta después de observar a Cyrus durante años, que es el ser más vil de toda la cristiandad. Voy a pensar en ello y te daré una respuesta lo antes posible —lo miró a los ojos y habló con ímpetu—. No voy a casarme, Davey. Y no voy a ir a Berendsfore.

Davey la miró en silencio y, cuando por fin habló, su voz estaba empapada de emoción.

—Yo también intentaré idear algo. Ahora tenemos que separarnos.

—Sí —miró a su alrededor con nerviosismo—. Estamos arriesgando mucho.

—Nos iremos pronto, milady, se lo prometo. Muy pronto.

Davey salió del patio sin hacer ruido. Rosamund se quedó un poco más, recordando otra noche en la que un hombre muy diferente le había hecho compañía.

No, se reprendió, no podía permitirse el lujo de pensar en esas cosas. Tenía que abandonar Gastonbury y todo aquello que había llegado a querer. Alayna y los niños, lady Veronica, que parecía haber sentido instintivamente la necesidad de Rosamund de tener un confidente.

Tendría que dejar también al vikingo, que, en sus breves encuentros, le había enseñado que podría ser una mujer diferente a la que ahora era. Que quizá deseara algo que jamás habría pensado que podría desear.

Durante el resto de su vida se preguntaría si de verdad habría podido dejar de ser el ser tímido y asustadizo que siempre había sido. Parecía que nunca lo sabría.

Rosamund bajó a cenar ataviada con una túnica de color crema con bordados de hilo de color bronce. Estaba impresionante, pensó Agravar mientras observaba cada uno de sus movimientos al atravesar el salón hacia el estrado en el que se encontraba la mesa principal. Se dirigió hacia la izquierda para sentarse con las mujeres, al lado de Veronica, como hacía siempre. Pero hubo una mirada, un rápido vistazo en su dirección antes de que sus ojos se apartaran hacia otro lado.

Agravar sabía que hacía que se sintiera nerviosa, pero no le gustaba. Era algo que le ocurría con mucha gente; quizá por su gran estatura o por el color de su piel y de su pelo. Estaba acostumbrado a que los demás se pusieran nerviosos con sólo mirarlo, o al menos debería estarlo a esas alturas de su vida, pues era algo que le había ocurrido desde la infancia. No era agradable, pero era mejor que la aversión, algo que había visto en los ojos de una dama cuya simpatía deseaba por encima de la de ninguna otra persona.

—Agravar —lo llamó Lucien, que se encontraba de pie junto a otro hombre cuya indumentaria daba a entender que era un fraile.

Agravar no lo identificó con ninguno de los monjes que habitaban la abadía cercana y que a menudo visitaban el castillo. Sus ojos lo miraron con un brillo que denotaba astucia, mientras Agravar se acercaba y mostró los dientes en una mueca que el vikingo supuso se trataba de una sonrisa, pero que también podría haber sido una expresión de dolor.

—Te presento al padre Leon, de Hallsford. Su señor es Cyrus, el padrastro de Rosamund. Lo han enviado para averiguar a qué se debe el retraso del matrimonio de Rosamund.

El padre Leon inclinó la cabeza.

—Así es, cuando lord Cyrus, un hombre bueno y piadoso que siempre vela por el bienestar de la bella lady Rosamund, bueno, cuando se enteró del desafortunado contratiempo sufrido por la dama, se preocupó muchísimo y por eso me envió a tratar el tema con usted y para informarme de la situación y para, a su vez y tan pronto fuera posible, le pusiera al corriente de todo. Ya le digo que está ansioso por entregar la dama a su prometido y celebrar el matrimonio inmediatamente...

Lucien lo interrumpió entonces.

—Agravar tuvo el honor de rescatar a la dama, así que es con él con quien debe hablar del asunto. Yo mismo envié un mensaje a su señor y a lord Robert de Berendsfore, que ordenó que la dama esperara aquí a que él viniera a buscarla. Por tanto, yo me he dedicado a otros menesteres. Ahora, si me disculpa —Lucien se alejó tan rápido como si hubiera salido volando.

—Muy bien —dijo el padre Leon mostrando sus enormes dientes al sonreír—. Excelente caballero de magnífica reputación.

Agravar frunció el ceño.

—¿Entonces pertenece usted a la casa de Rosamund?

—Así es. Cura de su padre, o su padrastro, como lo prefiera.

—¿Hace cuanto que la conoce?

—Bastante, desde luego. También conocí a su madre. Una dama hermosa, silenciosa y casta... todo un ejemplo para otras mujeres menos honradas que no saben cuál es el lugar que les corresponde. Lord Cyrus la adoraba, desde luego que sí. Su muerte fue una tragedia para él y no ha vuelto a hablar de ella desde entonces, ni a pronunciar su nombre, y Rosamund, una muchacha tan dócil, un ejemplo de virtud, si me permite decirlo, quedó a su cuidado. Mi señor siguió manteniéndola a pesar de que sólo era una mujer y sin ningún parentesco con él...

—Venga por aquí —dijo Agravar señalando el estrado y mientras pensaba que se vengaría de Lucien por lo que le había hecho—. Lo llevaré hasta la dama para que pueda ver con sus propios ojos que está bien.

—Estupendo porque, como muy bien comprenderá, me envían para que le recuerde su deber, ya que lord Cyrus tiene intención de que se celebre ese matrimonio tal y como se había previsto. Es una familia muy importante y hay mucho en juego. La muchacha no estaba muy dispuesta al principio… ah, ahí está. Buenas noches, lady Rosamund, me envía su honorable padrastro para que me asegure de que cumple su obligación y retoma el objetivo de su viaje tan pronto como sea posible. Debo entender que sus planes son ponerse en camino hacia Berendsfore para que puedan celebrarse los esponsales y… ¡Por el amor de Dios! ¿Adónde va?

Agravar había observado la reacción de Rosamund paso a paso desde el momento en que había visto al cura. En su rostro se habían ido reflejando la sorpresa, el miedo, el asco, la furia y la determinación. Mientras, aquel bruto había seguido hablando sin parar y sin darse cuenta de nada. El primer movimiento de Rosamund fue salir corriendo del salón rumbo a su habitación.

El padre Leon la vio desaparecer, boquiabierto.

Agravar tuvo que morderse los labios para no echarse a reír.

—Parece estar algo alterada hoy.

—Es la maldición de las mujeres, hijo mío. Tenga mucho cuidado porque son malvadas y representan la tentación capaz de apartar al hombre de sus quehaceres y esclavizarlo. Esas pobres criaturas sin cerebro son taimadas, destruyen a los hombres de buen corazón…

—¿Acaba usted de describir a las mujeres como tontas y taimadas, padre? Porque me resulta imposible imaginar una criatura que pueda ser ambas cosas al tiempo.

—Ésa es la paradoja del misterio femenino, que se menciona en las Santas Escrituras cuando se advierte a los hombres que teman y desconfíen de sus compañeras si no quieren ser considerados indignos de seguir la senda de Dios.

Agravar sintió un fuerte deseo de darle una bofetada a aquel necio, pero lo que sobre todo sintió fue el horror que le provocaba pensar que aquel idiota hubiese podido ponerle las garras encima a Rosamund, si era cierto que había sido su instructor.

—Me gustaría saber más, padre. Venga, siéntese y tome un vino mientras me habla del hogar de lady Rosamund. ¿Lord Cyrus opina como usted?

—Por supuesto. Ese pobre hombre sufrió mucho por culpa de esa mujer cautivadora con la que se casó. Pero, claro está, no puedo hablar de ello, debo respetar el secreto de confesión.

—Naturalmente, pero supongo que su conocimiento de la materia procederá de diferentes fuentes.

—Así es, buen señor, en tal caso puedo decirle que he observado que muchos hombres quedan atrapados por el yugo de... de... —el padre Leon miró a su alrededor subrepticiamente—. ¡Del deseo carnal! Esclaviza a los hombres incluso dentro del sagrado vínculo del matrimonio, porque Dios no nos excusa de cumplir nuestro deber para con él por el simple hecho de hacer unos votos matrimoniales. La procreación es el objetivo de los devotos, pero... eso otro esclaviza a los hombres y hace que olviden sus obligaciones. Tal es el poder de las mujeres, que hay que contener el mal que llevan dentro. Una mujer como Dios manda debe hablar siempre en voz baja y nunca levantar la mirada, eso es lo que siempre le ha enseñado lord Cyrus a su hijastra.

—Entonces lady Rosamund fue... instruida en dicho comportamiento.

El padre Leon suspiró.

—Desde luego, veo que tiene sus dudas después de la reacción que acabamos de presenciar... es comprensible, pero le aseguro que pagará por su pecado. Mi señor preveía tal rebeldía y fue precisamente ese temor el que lo llevó a enviarme, porque lord Cyrus sabe bien que el alma femenina es díscola y hay que estar siempre vigilante para asegurarse de que no vuelve a su maldad natural.

Agravar empezaba a sentir que se le estaba revolviendo el estómago de oír todo aquello. El padre

Leon, ajeno a todo, continuó ilustrándolo con sus opiniones sobre el sexo femenino. Como no parecía necesitar respuesta alguna a su estúpido discurso, Agravar se libró de tener que escuchar.

Así que así era como la habían educado. Tímida, temerosa y asustadiza, así la había descrito él. Afortunadamente, había empezado a florecer al alejarse de la opresión de aquella absurda teología basada en el odio a la mujer.

—¿Para qué están las mujeres sino para proporcionar honor y riqueza a sus dueños y señores? —seguía diciendo el obcecado cura—. Las mujeres son esenciales en las aspiraciones políticas de sus superiores, pero tienen la cabeza llena de estúpidas ideas sobre el amor cortés y otras tonterías que se convierten en armas peligrosas...

Agravar levantó la mano para atraer la atención de lady Veronica, que se sentaba en la otra punta de la mesa y que acudió de inmediato a su llamada.

—Padre Leon, le presento a la suegra de lord Lucien. Creo que estará... interesada de escuchar sus ideas. Si me disculpa.

Se puso en pie y al pasar junto a la sorprendida dama, se inclinó a decirle al oído.

—Resista el deseo de matarlo, milady, porque quizá lo necesitemos en el futuro. Aparte de eso, no se reprima en expresarse como desee.

Debía admitir que se sentía algo culpable por dejarla con el padre Leon, pero el primer grito de indignación que llegó a sus oídos le resultó muy gratificante. Sin duda había elegido bien. Si alguien podía darle al padre Leon lo que merecía, era sin duda lady Veronica.

Leon estaba a punto de aprender una lección que jamás olvidaría sobre el carácter femenino.

Diez

Rosamund pegó un bote al oír que llamaban a la puerta. El corazón le latía con tanta fuerza que tenía la sensación de que iba a rompérsele el pecho. Estaba allí... esa bestia inmunda que se hacía pasar por hombre de Dios, la marioneta de su padrastro, por cuyas venas corría el mismo veneno que por las de Cyrus. Sin duda se la llevaría de vuelta con él.

Dio varias vueltas por la habitación, intentando desesperadamente que el pánico no le bloqueara la mente. ¿Por qué no había huido cuando había tenido oportunidad de hacerlo? Davey podría haberla sacado de allí si le hubiera dejado que consiguiera un bote o si...

Volvieron a llamar, esa vez con tal ímpetu que la hizo soltar un grito ahogado. Se llevó las manos a la cara y miró a la ventana, considerando la idea de saltar los tres pisos que la separaban del suelo.

—Rosamund, soy yo, Agravar. Debo hablar con usted. Abra la puerta.

Ni siquiera lo pensó, simplemente actuó. Fue corriendo a la puerta, corrió el seguro y abrió de par en par. Agravar entró y cerró la puerta tras de sí.

—¿Dónde está el cura? —le preguntó ella.

—Lo he dejado con lady Veronica —respondió el vikingo con una sonrisa—. Eso lo tendrá ocupado un buen rato.

—Entonces sigue aquí.

—Tranquila, milady. He venido a decirle que está a salvo.

—¿Está hablando con Veronica? —repitió con un gesto de indignación—. ¿Cómo ha podido dejarla con él? Lady Verónica no merece escuchar cosas tan horribles.

—Usted tampoco lo merecía.

A Rosamund se le cortó la respiración al oír eso, como si le hubiera dado un golpe en el estómago. Volvió a hablar después de un corto silencio.

—¿Qué sabe usted de eso?

—Nada, Rosamund. Pero puedo imaginar que fue muy... desagradable para usted.

Rosamund se apartó rápidamente, necesitaba poner distancia entre ellos, por lo que buscó refugio en un rincón de la habitación.

—Por favor, no intente comprenderme.

Agravar extendió los brazos con desesperación.

—Me temo que estoy destinado a no conseguirlo.

—¿También usted va a hablarme de la maldad inherente a las mujeres? ¿Acaso es de la misma opinión que ese... ese... hombre?

—El único misterio que me gustaría resolver es por qué no acepta mi ayuda cuando se la ofrezco —empezó a caminar hacia ella, que se echó más hacia atrás, hasta quedarse con la espalda contra la pared—. Rosamund, si lo hubiera sabido, la habría ayudado.

—¿Ayudarme? —no podía creerlo—. ¿Y cómo lo habría hecho, vikingo? ¿Habría atacado a Cyrus con su espada, o quizá habría desafiado a lord Robert?

—Por lo que tengo entendido, lord Robert es un hombre bueno y justo.

—¡Pero es un hombre!

Agravar se detuvo frente a ella.

—Yo también.

Ya lo había notado. Era un hombre, pero, a pesar de su aspecto, él no daba miedo. El único hombre que había conocido en su vida que quizá tuviera corazón.

Sí, claro que lo había notado.

—Usted no lo comprende... Ha oído todas esas

barbaridades... y ahora siente lástima por mí... no puedo soportarlo.

—No tiene por qué avergonzarse de nada. Son ellos los que deberían sentir vergüenza.

—Pero me han contagiado de tanto lanzarme su veneno.

—¡Ya basta! —le ordenó y, por primera vez, le habló con dureza. Dio dos pasos hacia ella y la agarró por los hombros—. No hagas eso. Tu dignidad es tuya, no renuncies a ella por nada del mundo. Pueden hacerte daño con sus palabras, pero sólo si tú se lo permites. No dejes que lo hagan, Rosamund. No escuches todas esas bazofias.

Aquellas palabras eran demasiado profundas. Rosamund intentó alejarse.

—¿Qué sabe usted de eso?

Agravar inclinó la cabeza hasta que su frente rozó la de ella.

—Si no sé de eso, no sé de nada.

—¿Qué clase de respuesta es ésa?

Vio cómo apretaba los dientes y el aire le salía con fuerza por la nariz.

—Ninguna —la soltó y se alejó un poco—. Dios, ni siquiera sé por qué he venido. Le oí decir todas esas cosas, usted salió corriendo y yo... he actuado sin pensar. No suelo hacer eso.

—¿Debería estarle agradecida? —notó que había subido el tono de voz y pensó que quizá se estaba poniendo histérica. Nunca se había sentido tan cerca de perder el control.

—Le diré a Lucien que le pida que se vaya si es eso lo que desea —dijo él haciendo caso omiso a su pregunta.

—Da igual, Agravar. Ese hombre está ahí abajo, en el salón... pero también está aquí —añadió tocándose la sien con la mano.

Él bajó la cabeza, sin duda como señal de derrota.

—Será mejor que me marche. Acepte mis disculpas por haberla molestado.

Se marchó y Rosamund se sintió aún peor. ¿Por qué había discutido con él si sólo quería ayudarla? ¿Por qué querría ayudarla? Se sentía demasiado confundida como para analizar sus motivos. Lo único que sabía era que Leon estaba allí y eso significaba que también Cyrus lo estaba, al menos su espíritu. Eso hacía que todo cambiara. Gastonbury ya no era su refugio.

Aquella idea le llenó los ojos de lágrimas. Se tiró sobre la cama y lloró. Deseaba morir, igual que lo deseaba un conejo cuando ya no podía aguantar el miedo por más tiempo y sencillamente moría.

Ojalá ella pudiera hacer lo mismo. Sería un gran alivio.

—Si estás enfadado conmigo, sin duda lo merezco —le dijo Lucien mientras Agravar y él paseaban por el patio de armas—. ¿Cuánto tiempo te estuvo machacando los oídos el padre Leon?

—En realidad me hiciste un favor. Fue muy instructivo.

—¿Instructivo? ¿Quieres decir que sus opiniones te parecen respetables?

—En absoluto, pero esa ridícula filosofía explica el comportamiento de la prima de tu mujer.

—Puede ser —Lucien miró a su amigo con curiosidad—. ¿Por qué te importa a ti eso? ¿No será que...

—No —lo interrumpió Agravar tajantemente—. Esa mujer no es más que un cúmulo de problemas, que además no tardará en marcharse.

—Anda, admítelo, tonto. Te interesa desde el principio —se detuvo a pensarlo unos segundos—. Claro, si no hubiera estado tan inmerso en mis propias preocupaciones, me habría dado cuenta mucho antes.

—Lucien, tú siempre estás inmerso en tus cosas. Rara vez ves lo que hay más allá de tus enormes narices.

—Reconozco que no soy demasiado sensible con los problemas de los demás. Por eso siempre me he apoyado en ti.

—Lo dices como si te sintieras orgulloso de ello.

Lucien se encogió de hombros.

—Así es como me ha hecho la vida. Tu historia

no es más bonita que la mía —miró a su amigo con algo cercano a la compasión—. Quizá sea peor... Al menos yo pasé los primeros años de mi vida con mi padre, a quien quería, y mi madre nunca me odió como...

—Ya está bien. ¿Vamos a entrenar o vas a seguir torturándome con tus torpes palabras?

Agravar se alejó unos pasos y desenvainó su espada. Lucien lo siguió con la mirada.

—Me sorprendes, Agravar. Nunca das ninguna portunidad para hablar de tu pasado.

El vikingo no tardó en atacar.

—No tengo ninguna reticencia, pero no tiene ningún sentido. Sí, tú tuviste amor cuando eras niño y lo tienes ahora. Yo no —volvió a atacar con fuerza—. Estamos de acuerdo.

—¿Entonces por qué estás tan enfadado? —preguntó Lucien, al tiempo que esquivaba un nuevo golpe.

—¡Porque eres un burro!

Agravar vio con sorpresa el modo en que su amigo se preparaba para el siguiente golpe y creyó incluso ver que se encogía. ¿Acaso estaba atacándolo con demasiado ímpetu? La idea hizo que tirara la espada al suelo de inmediato.

Pero no había acabado con él.

—¿A ti el amor te provoca ataques de furia, Lucien? Es una lástima, se me parte el corazón por ti.

Dios, ¿cómo puedes ser tan imbécil? No dejas de decirme lo afortunado que soy por no tener una esposa que me complique la vida. ¿No te das cuenta de lo desconsiderado que eres?

Lucien se quedó inmóvil, viendo, sin comprender, cómo su amigo iba de un lado a otro.

—¿Qué complicaciones tienes tú, amigo mío, si tu felicidad es tan grande que lo único que te preocupa es que puedas perderla? —continuó diciendo Agravar—. Qué lástima siento por ti cuando veo la devoción con la que te mira esa mujer increíble con la que tienes la suerte de estar casado, o cuando tus hijos corren a ti gritando de alegría —había ido subiendo el tono de voz hasta casi gritar—. ¿De verdad crees que es mejor estar solo, Lucien? ¿Tú qué sabes lo que es eso? ¿Qué demonios sabes tú?

Lucien cambió de postura con incomodidad, pues muchos habían comenzado a mirarlos.

—Tranquilo, amigo. No olvides que yo también he conocido el sufrimiento. En otro tiempo estuve completamente perdido.

—Pero lo has olvidado. Es cierto que fuiste muy desdichado, pero el amor de tu esposa y de tus hijos es tan grande que no deja que recuerdes el pasado con claridad y yo te envidio por eso, pero, por el amor de Dios, Lucien, no trates de hacerme creer que no es lo mejor que podría haberte pasado. Y no te quejes nunca de las preocupaciones o la rabia que pueda provocarte alguna vez tu mujer porque eres el hombre con más suerte del mundo, aunque no lo merezcas por bastardo.

Lucien respiró hondo y después soltó el aire de golpe.

—Te equivocas, Agravar —levantó la mirada y sonrió—. Eres tú el bastardo. Eran tus padres los que no estaban casados, los míos me tuvieron dentro del santo matrimonio.

Toda la furia de Agravar desapareció de inmediato. Meneó la cabeza y sonrió también.

—Es la broma más torpe que he oído nunca.

Lucien se puso serio de pronto.

—Ya no estás solo, Agravar. Éste es tu hogar porque tú mismo elegiste que lo fuera. Yo te habría dado parte de mis tierras como agradecimiento a todos tus servicios, pero tú preferiste quedarte en Gastonbury, a mi lado. Y aquí estás, pero no eres sólo mi capitán, eres también mi hermano. No vuelvas a decir que no tienes nada. Aquí tienes tu familia.

Agravar fue a recoger su espada del suelo y, después de limpiarle el polvo, observó el filo al sol.

—Es tu familia —dijo sin apartar la mirada del acero—. Yo me alegro de estar aquí, pero, por primera vez en mi vida, Lucien, creo que quiero tener algo que sea mío de verdad.

Lucien fue junto a él y le habló con afecto.

—Lamento que sientas eso por la muchacha, pero ya sabes cuál es la situación. Nunca podrás estar con Rosamund.

Agravar respiró hondo y envainó la espada.
—Lo sé.

Once

—Tengo que hablar contigo —le dijo Veronica a Rosamund agarrándola del brazo, en cuanto la joven entró en la sala para las damas—. Ven a sentarte conmigo junto a la ventana.

Rosamund obedeció sin decir nada. Se sentaron a una distancia prudencial del resto de mujeres, ocupadas en cardar lana.

—Mírame, niña.

Necesitó unos segundos para hacerlo, pero finalmente levantó la mirada, pues no se podían desobedecer las amables instrucciones de la dama.

—Ahora escúchame. Si alguna vez al mirarte veo en tus ojos o en tu manera de actuar que estás pensando siquiera en las barbaridades que te enseñaron esos dos necios repugnantes, te prometo que te tumbaré sobre mis rodillas y te daré una buena azotaina.

Rosamund la miró boquiabierta y la vio levantar el dedo en un gesto de advertencia.

—No creas que estoy exagerando. Si es necesario que te trate como una cría para apartarte de tan terribles creencias, no dudaré en hacerlo. He vivido ya bastantes años y, aunque aún no estoy vieja y débil, la experiencia me da la ventaja de ver las cosas con perspectiva y puedo asegurarte que conozco a las personas.

Tomó las temblorosas manos de Rosamund entre las suyas y continuó hablando con más dulzura:

—Los hombres que hablan de ese modo de las mujeres son seres débiles que no comprenden que somos diferentes y ven esa diferencia, ese misterio femenino, como una amenaza. Son como niños asustados que utilizan su posición de superioridad para dominar lo que no alcanzan a entender o apreciar. Esos hombres son lo más lejano a la bondad de Dios que puede haber en el mundo, pero el mayor peligro que entrañan es el de hacer que nosotras creamos tales cosas de nosotras mismas.

Esa última frase hizo que Rosamund se preguntara algo.

—¿Alguna vez se vio usted sometida al poder de un hombre así?

—No, yo no, mi niña, pero una amiga muy querida se casó con alguien terrible que estuvo a punto de acabar con ella. Afortunadamente, consiguió reunir el coraje suficiente para enfrentarse a su marido antes de que pudiera arrebatarle su dignidad. La historia tiene un final feliz, pero estuvo a punto de no ser así y hubo momentos en los que temí por su vida.

Rosamund apartó las manos de las de ella y se puso en pie con nerviosismo.

—Recordaré sus palabras, milady.

Veronica fue junto a ella y le echó el brazo por los hombros.

—Utilízalas como escudo en los momentos de debilidad, Rosamund, cuando te vengan a la cabeza esas horribles mentiras.

—Gracias, milady —dijo Rosamund con sincera emoción y le dio un abrazo.

Aquellas palabras la hicieron sentir mejor y cuanto más pensaba en ellas, más cuenta se daba de que Cyrus y ese bellaco vestido de cura eran exactamente el tipo de hombres que Veronica había descrito.

En los días siguientes, si bien Rosamund no andaba por el castillo libremente sin preocuparse por encontrar al padre Leon, tampoco se recluyó en su habitación. Sólo lo veía por las noches, durante la cena, pero la fortuna quiso que el cura no tuviera oportunidad de acercarse a ella. En ningún momento se aproximó a la mesa principal, pues estaba demasiado ocupado emborrachándose tanto como pudiese. Rosamund se sentía protegida y pensaba que quizá no se atreviera a hablar con ella porque lady Veronica estaba siempre cerca.

Pasaba las mañanas con las demás mujeres y las tardes sola, a veces en su habitación y a veces en las habitaciones de los niños, jugando con la dulce Leanna o riéndose de las travesuras de Aric. El pequeño empezaba a dar muestras de estar convirtiéndose en un tirano a pesar de las duras reprimendas de su madre. Aric adoraba a su padre y sólo las regañinas de Lucien parecían tener algún efecto en su alocada personalidad.

—Da órdenes a los niños mucho mayores que él y ellos obedecen —se lamentó Alayna un día—. Los más pequeños creen que es una especie de Dios, pero él no les hace el menor caso. Dice que son muy molestos y los rechaza con una grosería terrible.

—Se pasea por el castillo como si fuera el dueño y señor —añadió lady Veronica, pero ella lo decía con una tenue sonrisa en los labios.

Rosamund se quedó pensativa unos segundos.

—Le prometí que le contaría historias sobre las Cruzadas y me he esforzado mucho en aprender algunas que pudieran interesarle.

—Eso no hará más que alimentar su ansia guerrera —opinó Alayna con gesto de desaprobación.

—Puede que no. Había pensado enseñarle alguna historia de la que se pueda extraer una lección moral.

—Es una idea estupenda —aseguró Veronica—. A veces es mejor tratar el problema de una manera indirecta.

—Sí —convino Alayna, dando su aprobación a la idea—. Y seguramente sea mejor viniendo de ti. A veces los niños se hartan de que sus madres les digan lo que tienen que hacer.

—Y sus abuelas —añadió Veronica—. Gracias, Rosamund. Es estupendo que nos ayudes con los pequeños problemas.

A Rosamund no le parecía tan estupendo. Se estaba implicando demasiado con todos los habitantes de Gastonbury y eso haría que le resultara aún más difícil marcharse cuando llegara el momento.

Le gustaba el patio de frutales en el que Agravar le había hecho compañía un día y habían coqueteado el uno con el otro. A menudo iba allí a sentarse y a leer a última hora de la tarde. Le encantaba leer, su madre le había enseñado a hacerlo en secreto pues, en opinión de Cyrus, era algo maligno. Eso era algo en lo que su madre se había rebelado contra él, y había merecido la pena porque Rosamund siempre había disfrutado sumergiéndose en aquellos manuscritos ilustrados y soñando con los héroes clásicos que allí se describían. Tenía una gran imaginación y verdadero don para olvidarse de todas las preocupaciones y perderse en un mundo de fantasía.

Gracias a ese don había sobrevivido a los largos sermones y discursos del padre Leon sobre los peligros de la carne. Rosamund no sabía bien lo que eso significaba, ni siquiera después de todas aquellas terribles advertencias.

Lo más valioso que le proporcionaba la lectura era la posibilidad de pasar horas y horas en la soledad de su habitación volando sobre un cisne gigante o subir al monte Olimpo, donde Zeus mostraría tanta admiración hacia ella que le concedería el estatus de semidiosa. Aquéllas eran sus fantasías de aventura parecidas a las que leía en secreto. Fantasías en las que era libre. Siempre libre.

Aquel día salió al jardín con un manuscrito y con el pequeño Aric, al que había conseguido convencer para que la acompañara prometiéndole magníficas historias de guerra, de caballeros, Sarracenos e infieles.

—Me gustaría que me contaras la historia de Antioquia. Cuéntame cómo cayó y eso de que los caballeros colgaron las cabezas de sus enemigos en los muros de la ciudad.

Rosamund apretó los labios con pavor.

—¿Quién te ha dicho eso?

—Dervel, el mozo de cuadra.

—Pues no es cierto. Hoy no voy a contarte historias de las cruzadas, me gustaría hablarte de otra cosa.

—¿Hay peleas?

—Sí, es una historia de guerra, pero de una guerra que sucedió hace mucho tiempo —le dijo Rosamund—. Ven a sentarte junto a mí.

El pequeño se subió al banco de piedra porque no era un niño desobediente, pero era evidente que no confiaba en que aquella historia pudiera resultarle entretenida.

—¿Los hombres llevaban espada y armadura? —preguntó con escepticismo.

—Sí. Desde luego que llevaban espadas, pero las armaduras eran muy diferentes a las que tú estás acostumbrado a ver —Rosamund abrió el libro y le mostró una ilustración—. Dependían mucho más de los escudos, porque no podían moverse con la coraza, así que apenas la utilizaban. Mira, aquí tienes un dibujo.

Aric miró la imagen.

—Parecen tontos.

—Sólo es diferente. Eran griegos y vivían en un lugar del mundo mucho más cálido que éste, por eso vestían de otro modo.

—Pues parecen chicas. Mira, éste lleva un vestido.

—Sí, es una especie de vestido —dijo Rosamund

con un suspiro—. Pero era lo que llevaban los hombres en aquella época. Se llama toga.

El niño escuchó la explicación con gesto de indiferencia, pero luego señaló a otro de los personajes que aparecía en la ilustración, un hombre de cabello rubio.

—¿Quién es éste?

—Se llama Odiseo. ¿Has visto lo alto y fuerte que es?

—Se parece a Agravar. Agravar es alto y fuerte.

—Sí, lo sé.

—¿Dónde está su espada? ¿Qué clase de soldado es? No lleva espada.

Rosamund cerró los ojos con desesperación, pero de pronto le llegó la inspiración.

—La tiene en el barco.

—Qué estúpido. Un soldado siempre debe llevar la espada encima. Agravar jamás iría sin espada, y tampoco mi padre.

Rosamund recordó una ocasión en la que el poderoso vikingo se había visto sorprendido sin su espada y sonrió al recordar la desilusión que había sentido ella al descubrir que el tesoro que le había arrebatado no era más que una espada rota. Aún podía ver el brillo de ironía de los ojos de Agravar.

—¿Odiseo era un tonto?

—No, Aric, ni mucho menos. Odiseo era un héroe, luchó en una larga guerra, la Guerra de Troya, y llevó a los griegos a la victoria. Pero, ¿sabes lo que hizo después?

—¿Les cortó la cabeza a todos sus enemigos y las colgó para que todos las vieran y quedaran advertidos?

—¡No! —exclamó Rosamund, horrorizada—. Hizo enfadar a los dioses al negarse a reconocer que habían ganado la guerra gracias a su ayuda divina. Su arrogancia estuvo a punto de costarle la vida más de una vez. Los dioses lo condenaron a vagar por la tierra durante muchos años en busca de su hogar, donde lo esperaban su esposa y su hijo. En este libro está la historia de sus aventuras y cómo finalmente tuvo que aprender a ser humilde. Me gustaría leértela.

—Es muy triste que tuviera que estar tanto tiempo lejos de casa —dijo para después volver a sonreír con impaciencia—. ¿Mató algún dragón?

—En esta historia aparecen diferentes monstruos. Odiseo tuvo que matar a un Cíclope y burló a unas sirenas que querían hacerlo prisionero.

—¿Qué son... ninfas?

Rosamund volvió a suspirar. No podía explicarle cómo Odiseo había caído preso de los encantos de Circe, o por qué él y sus hombres se habían entretenido tanto en la tierra de los comedores de loto porque nunca había llegado a comprenderlo. De hecho, al leer aquellos pasajes se había sentido decepcionada del héroe griego. ¿Cómo había podido permitir que sus instintos más básicos lo distrajeran de su noble misión?

Aunque podía imaginar el poder de dichas tentaciones. Un deseo tan grande que... Lo cierto era que había habido algunos momentos estando en compañía de Agravar en los que había sentido una extraña y poderosa necesidad.

Aquello no estaba saliendo como había planeado.

—Olvídalo.

—¿Tienes dibujos de esos monstruos, del cíclope y de las sirenas?

—Puede ser. Aparecen más tarde, durante el largo viaje que Odiseo tiene que hacer para volver a su casa después de hacer enfadar a los dioses. Vamos a leer la historia juntos y así verás...

Pero Aric había perdido ya todo el interés.

—¡Mejor vamos a ver si podemos ver el patio de armas! —sugirió con entusiasmo, al tiempo que se ponía en pie para ir hacia el muro del jardín.

—Aric, pensé que querías oír esta historia.

Haciendo caso omiso, el niño se subió a unas piedras que le permitieron asomar la cara por encima del muro.

—¡Se ve! Mira, ahí está Agravar con su espada. Ya te dije que siempre la llevaba.

Rosamund se puso en pie y dejó el manuscrito sobre el banco.

—Aric —dijo en un tono de reprobación que no resultaba nada convincente.

Finalmente fue hasta el muro y se asomó también.

El patio de armas estaba plagado de soldados que fingían estar en medio del campo de batalla, escuderos que buscaban armas y artesanos que trataban de arreglar armaduras y espadas. Todo ello era parte de la vida diaria de cualquier soldado.

A pesar del caos reinante, la figura del vikingo resultaba inconfundible.

Desnudo de cintura para arriba y con el torso empapado en sudor, se paseaba, seguro de sí mismo, entre sus compañeros de armas. Alguien le dijo algo que le hizo reír y por un momento adquirió un aspecto más suave.

Tenía un cuerpo magnífico; ancho y poderoso. Las piernas largas y musculosas, las cintura estrecha, el abdomen liso y más arriba, un pecho que parecía esculpido en mármol, sin un solo pelo y unos hombros increíblemente anchos. Sus brazos eran largos como las ramas de un árbol y se movían de un modo fascinante cuando manejaban la espada.

Rosamund se llevó las manos a la boca para no gritar al ver el modo en que dicha espada golpeaba a un adversario.

—Sólo están de broma —explicó Aric con sonrisa burlona—. Siempre luchan así. Agravar es bueno, una vez me dio una vuelta en su caballo. ¿Quieres verlo?

—No, gracias —respondió Rosamund con gesto ausente, demasiado absorta en la falsa batalla que se desarrollaba frente a sus ojos.

—Agravar no tardará en ganarle —vaticinó el pequeño—. Es más grande. Cuando sea mayor, yo también ganaré a todo el mundo, igual que hace mi padre. Aunque ni siquiera él vence a Agravar. A veces lo consigue, pero entonces Agravar le gana al día siguiente; es una especie de regla que tienen. Mamá tiene miedo de que un día se maten el uno al otro.

Rosamund seguía absorta observando la lucha entre el vikingo y el otro hombre, Will, que en aquel momento lanzó con fuerza su espada contra Agravar. Rosamund lanzó un pequeño grito.

—Está bien —aseguró Aric—. Nadie puede hacer daño a Agravar. Ven —gritó, emocionado, al tiempo que se bajaba de la piedra a la que se había subido y echaba a correr hacia la puerta—. ¡Ven! —repitió abriendo ya la puerta.

—¿Qué? No, Aric. ¡Vuelve aquí inmediatamente!

Pero el niño ya había desaparecido de su vista.

Los soldados se estaban tomando un descanso antes de continuar. Rosamund siguió al niño olvidándose de sus buenas intenciones de contarle historias sobre la humildad.

Cuando por fin le dio alcance no pudo hacer otra

cosa que acompañarlo a ver la lucha. Llegaron al patio de armas cuando los soldados se disponían a retomar el combate. Aric saltaba de entusiasmo junto a Rosamund.

—¡Vamos, Agravar! —gritaba el niño—. ¡Dale fuerte!

Agravar lo miró con una sonrisa en los labios, pero se quedó paralizado al ver a Rosamund. Ella intentó sonreír, pero el gesto quedó congelado en su rostro y la hizo sentir incómoda.

Will fingió haberse ofendido por los ánimos del niño al vikingo.

—¿Te pones en mi contra, pequeño demonio? Te lo recordaré cuando vuelvas a pedirme que te lleve a caballo.

Agravar seguía sin moverse.

—¡No podrás vencer a Agravar! Él es el capitán de mi padre.

—¡Y yo su siervo!

Rosamund no podía apartar los ojos del sudor que caía lentamente por el cuello de Agravar hasta llegar a su pecho, dejando la piel brillante a su paso.

Will se acercó a ellos, limpiándose la frente con la manga de la camisa.

—¿Quién es ésta, tu nueva niñera?

—No, es la prima de mi madre. Lady Rosamund.

—Vaya, una pariente de Alayna. Encantado de conocerla —dijo el soldado.

Rosamund quería responder, pero no podía sacudirse aquel extraño aturdimiento.

—Tiene miedo a todo —explicó Aric—. Se lo he oído decir a mi padre. A él no le gusta que sea tan asustadiza. Mi madre le dijo que iría al infierno por hablar mal de un miembro de su familia, entonces mi padre maldijo, pero no a mamá. Lo oí todo.

Se hizo un incómodo silencio.

—Me parece que ésa era una conversación privada —dijo Will con voz suave.

Agravar se movió por fin y Rosamund pudo volver a respirar con normalidad.

—Buenos días, Aric —le dijo al pequeño y después levantó la mirada hacia Rosamund—. Buenos días, milady.

—Bu... buenos días —era completamente irracional, pero Rosamund se sentía culpable, como si estuviera en un lugar en el que no tenía derecho a estar o quizá estuviera viendo algo que no tenía derecho a ver. Después de todo, Agravar seguía medio desnudo—. Estaba en el jardín con Aric, leyendo —se apresuró a explicar—. Él los vio y quiso venir... ¿molestamos?

Dios, estaba siendo un verdadero esfuerzo no mirar su pecho desnudo, perfectamente esculpido y masculino. Sintió que le flaqueaban las rodillas y se concentró aún más en mantener la mirada al frente.

Aric correteaba a su alrededor, demostrando sus

supuestas habilidades como espadachín, Will se reía y alababa su estilo.

—Estábamos a punto de terminar —dijo Agravar.

Will lo miró con evidente sorpresa.

—Pero si acabamos de...

—Espere aquí —lo interrumpió Agravar.

Fue corriendo a un tonel de agua que tenían cerca y mojó la cara y el pecho, después se secó rápidamente con una toalla. Rosamund observó la escena sin decir nada, pero de pronto se dio cuenta de que tenía la boca seca y se sentía como si flotara, igual que una vez que había tenido unas fiebres muy altas. Observó a Agravar sin pararse a pensar que Will también estaba allí ni considerar lo que podría pensar. En cuanto a Aric, lo había olvidado por completo. Una parte de ella estaba horrorizada por haber dejado de lado por completo la noble tarea que se había propuesto llevar a cabo aquel día, pero había otra parte mucho más fuerte que se empeñaba en seguir mirando a Agravar mientras éste volvía hacia ella.

—Le decía, lady Rosamund, ¿cuánto tiempo va a quedarse por aquí? —dijo Will en voz muy alta, como si no fuera la primera vez que hacía la pregunta.

—¿Eh? Ah, pues... no mucho, supongo.

—¡La persiguen unos bandidos! —exclamó el niño.

—¡Aric! —lo reprendió Agravar.

—Pero si es verdad —siguió diciendo el pequeño con gesto confundido—. Fuiste tú el que la rescató. Pronto tendrá que irse para casarse con lord Robert.

Will también parecía confundido.

—Ya te contaré toda la aventura en otro momento —le dijo Agravar a su compañero, dándole una palmada en la espalda—. Rosamund, ¿por qué no dejamos aquí a estos dos zoquetes...

—¡Eh! —protestó Aric.

—... y volvemos al castillo?

—Claro —respondió Rosamund y se sintió agradecida al oír que no le temblaba la voz—. Encantada de conocerle, Will.

—Sí... —el soldado parecía realmente confundido, pero no tardó en reaccionar—. La veré en la cena, milady —añadió frunciendo el ceño.

Los vio marcharse, después fingió atacar a Aric y echó a correr tras él por el patio de armas.

Agravar sintió una extraña excitación mientras caminaba junto a Rosamund. ¿Qué estaba haciendo ella allí? ¿Habría ido a verlo a él?

—El pequeño Aric tiene muchísima energía —comentó él.

A su lado, Rosamund andaba con la espalda muy recta y la mirada al frente. Asintió sin decir nada.

Agravar estaba confundido. A veces, cuando un caballero estaba cortejando a alguna dama, ella salía al patio de armas a observar a su amado. A Agravar siempre le había parecido una costumbre muy molesta que interrumpía las sesiones de entrenamiento porque el caballero solía tratar de lucirse como un pavo tratando de atraer la atención de su hembra.

Sin embargo, aquel día lo comprendió por primera vez. Tantas veces había regañado e incluso se había burlado de sus hombres por tal comportamiento y sin embargo él había sentido un estúpido placer por el simple hecho de que ella estuviera allí. Era la primera vez que Rosamund había ido en su busca y eso le hacía sentir eufórico.

Lo primero en lo que había pensado al verla allí había sido en llevársela, en alejarla de las miradas curiosas de sus hombres. No. Lo primero que se le había pasado por la cabeza había sido ponerse la camisa. Era curioso cómo su mera presencia había hecho que de pronto su semidesnudez le resultara algo carnal.

Después sí había pensado en llevársela de allí, pues la quería para él solo.

Pero la euforia no tardó en desaparecer. Fuera lo que fuera lo que se había apoderado de ambos en el patio de armas, pues Agravar sabía que aquella tensión sensual no había sido producto de su imaginación, se esfumó enseguida. A juzgar por el modo de andar de Rosamund, cualquiera habría pensado que estaban caminando para realizar algún tipo de ejercicio y que a ella le importaba su presencia aún menos que el ejercicio en sí.

—¿Adónde le gustaría ir? —le preguntó sin saber muy bien qué decir.

—A ningún lugar en particular.

—Se me ha ocurrido que podríamos dar un paseo, si le parece bien.

—Muy bien

Agravar cerró los ojos con desesperación, pues estaba completamente atónito. Primero iba en su busca y ahora lo menospreciaba de ese modo. Optó por guardar silencio.

Y entonces fue ella la que habló.

—No había salido a verlo a usted. Aric salió corriendo y yo lo seguí. No quiero que piense que pretendía espiarlo.

—Jamás pensaría algo así —dijo intentando ocultar su decepción.

Cruzaron el puente sobre el río y continuaron caminando hacia los muros exteriores. Viéndola caminar con la cabeza bien alta y moviendo los brazos, Agravar pensó que parecía un soldado rumbo a la batalla en lugar de una dama paseando junto a… ¿un amigo? No, no era su amigo… ¿Qué era entonces?

La duda hizo que se sintiera tremendamente tonto. Un hombre de más de treinta años huyendo de los entrenamientos por una dama que había demostrado su indiferencia hacia él una y mil veces, una mujer que nunca podría ser suya, aunque correspondiera a sus sentimientos.

¿Sus sentimientos? Aquello hizo que se detuviera en seco. Rosamund dio un par de pasos más antes de darse cuenta de que su acompañante se había quedado atrás.

—¿Ocurre algo? ¿Está cansado?

La pregunta lo pilló desprevenido.

—¿Cansado? —preguntó riéndose—. Milady, no es por alardear de ello, pero estoy acostumbrado a cabalgar tres días seguidos para luego luchar otras tantas jornadas. No, no es cansancio. No importa, sigamos andando.

Rosamund titubeó un momento.

—Verá, sí que hay un lugar al que me gustaría ir, si quiere llevarme. Yo solía estudiar las artes curativas con el boticario de Hallscroft y, si usted me acompañara al otro lado de las murallas, me gustaría ver si hay alguna hierba o raíz que pudiera utilizar.

Agravar respondió con suavidad.

—Muy bien. Adelante.

Poco importaba que Eurice, la antigua niñera de Alayna, fuera una experta curandera que podría proporcionar a Rosamund todas las hierbas y raíces que deseara. Siguieron caminando hasta adentrarse en el bosque.

Doce

Agravar tenía una risa sonora y profunda que invadía el claro en el bosque en el que estaba recostado jugueteando con la hierba. Frente a él, Rosamund se reía también, pero la suya era una risa suave, casi inaudible; una risa secreta que no correspondía a la broma que acababan de compartir.

Sentada sobre el mismo césped, Rosamund examinaba las plantas recogidas que había extendido en su regazo. Seguramente tendría el vestido manchado, lo que le valdría una buena regañina de Hilde, pero en aquel momento no le importaba.

Sólo quería saborear la libertad. Era tan excitante.

«Esto es lo que se siente cuando no se tiene

miedo de nada. Así debe de ser despertar cada mañana con impaciencia por vivir en lugar de con temor».

Resultaba extraño sentirse tan a gusto en compañía de un hombre de tan fiera apariencia. Pero Agravar, a pesar de su aspecto nórdico y su porte de guerrero, no era nada aterrador.

—Así pues, el hombre había sido descubierto —dijo él, poniendo fin al animado relato.

—¿Y qué hizo la dama? —preguntó ella, aún sonriente.

—Ordenó que el bellaco fuera lanzado al foso y cerró las puertas del castillo.

—Muy bien. Yo habría hecho lo mismo.

Él volvió a sonreír.

—De eso no tengo ninguna duda. Rosamund, a veces es usted sencillamente imponente.

—¿Yo? Y me lo dice usted, el vikingo. ¿Con todos esos antepasados guerreros, usted le dice a una simple chica que es imponente?

—Sólo soy medio vikingo —matizó él—. Por eso mi sabiduría suaviza mi naturaleza guerrera. ¿No lo mencioné cuando le enumeré mis virtudes?

—Ah, sí. Lo había olvidado.

—Es gracias a mi lado inglés.

—Por parte de su madre, ¿no es así? —preguntó antes de recordar lo reticente que se había mostrado Agravar a hablar de su madre en otra ocasión. Automáticamente deseó poder retirar lo que había dicho, pero era demasiado tarde.

El vikingo se quedó pensativo un momento y cuando por fin habló, lo hizo con tono titubeante.

—Mi madre era inglesa, sí.

—Recuerdo que lo dijo —respondió ella en un susurro.

—Mi padre... mi padre fue un asaltante vikingo que una noche atacó las tierras de mi abuelo, irrumpiendo en la casa donde dormía toda la familia. Según dicen, fue todo muy rápido —respiró hondo como si le costara el simple hecho de imaginarlo—. Todos aquellos que lucharon acabaron muertos.

Se miró las manos, en las que apretaba unas briznas de hierba.

—Mi madre —volvió a tomar aire—... Mi madre fue tomada a la fuerza por mi padre. Supongo que entregó el resto de las mujeres a sus hombres, pero a mi madre se la quedó para él. Ella lo odiaba, lo sé, y él sólo la apreciaba por el entretenimiento que le proporcionaba en la cama.

Rosamund no sabía si debía decir algo. Deseaba hacer desaparecer la arruga que se le había formado en la frente, pero no encontraba palabras con que hacerlo.

—No fue la primera ni la última vez que abusó de una doncella. Sólo Dios sabe cuántos hermanos míos habrá por toda Inglaterra y Dinamarca. Ya ve, soy un bastardo. Medio inglés, medio vikingo danés... el recuerdo viviente de la vergüenza de mi madre. Ella nunca se recuperó después de que él volviera a marcharse y hubo muchos que olvidaron que ella no había estado con él por propia voluntad. Los vikingos tienen fama de explotar a sus esclavos. Lucien se lo dirá si le pregunta. Cuando por fin se marcharon, cargados con el botín y llevándose a los hombres más fuertes para que les sirvieran en sus tierras, los que quedaron en el pueblo pensaban que mi madre se había librado de muchos males por haber sido la favorita de Hendron.

—Agravar... no sabes cuánto lo siento.

—No es culpa tuya, por supuesto. Pero comprendo por qué lo dices y supongo que es reconfortante cuando no se puede ofrecer nada más. Recuerdo todas las veces que quise decírselo yo a mi madre cuando la veía y pensaba lo que era yo para ella. Aun siendo un niño, sabía que no era culpa mía, pero de todos modos quería decirle que lo sentía. Cuánto deseé que todo hubiese sido diferente.

Entonces volvió a tomar aire y levantó la cabeza, al tiempo que tiraba las briznas de hierba a un lado.

—Deberíamos volver. No le hemos dicho a nadie adónde íbamos y puede que haya alguien buscándola. Además, no queda mucho para la cena.

Rosamund agradeció el cambio de tema porque no tenía modo de expresar la extraña emoción que sentía en el pecho. Era una cobarde.

—¿Tiene hambre? —dijo forzando una sonrisa.

—¿No creería que esas pocas bayas que me ha dado serían suficiente? —dijo poniéndose en pie—. Deje que la ayude.

Rosamund aceptó el favor y le agarró la mano. Una mano fuerte, áspera y al mismo tiempo suave que hizo que tuviera la sensación de estar tocando carbón ardiente.

—No es mi deber darle de comer, Agravar —observó tratando de mantener la compostura—. ¿Por qué no ha cazado algún conejo o...

Agravar no le soltó la mano, sino que tiró de ella, acercándola hacia sí. Rosamund sintió el roce de su muslo en la cadera.

—Porque no quería separarme de ti —murmuró.

Ella levantó la mirada, con los ojos muy abiertos. Y con placer. Aquellas palabras desencadenaron dentro de sí una oleada de escalofríos.

Después de todo, el padre Leon y Cyrus no habían conseguido reprimir su perfidia femenina, pensó mientras su cuerpo se inclinaba hacia Agravar sin que ella pudiera evitarlo. Parecía haber una especie de fuerza inmutable, igual que la que sujetaba las cosas a la tierra, que la atraía hacia él.

Entonces Agravar le soltó la mano y añadió:

—Conociendo su tendencia a vivir todo tipo de aventuras en el bosque.

A pesar de su actitud de indiferencia, había algo en sus ojos que le golpeó en el pecho como un puñetazo. Algo intenso, increíble. Se vio obligada a darse media vuelta.

Un movimiento entre los árboles atrajo su atención. Rápido, furtivo y con un hacha en la mano. No reconocía la expresión de ira de su rostro, pero sabía que era Davey, y no había duda de sus intenciones.

—¡No! —gritó sin siquiera pararse a pensarlo.

—¿Qué ocurre? —preguntó Agravar, inmediatamente alerta—. Dime, Rosamund —añadió agarrándola de la mano.

No podía permitir que Davey matara a Agravar, pero tampoco podía delatar a su hombre.

—¡Corra! —chilló soltándole la mano para poder agarrarse la falda y echar a correr en dirección contraria a la inminente amenaza.

—¡Rosamund! —exclamó él tratando de agarrarla de nuevo.

—¡Corra!

Se adentró entre los árboles y, al mirar hacia atrás, comprobó que Agravar la seguía. No tardó en darle alcance y detenerla.

—¿Qué demonios hace?

Rosamund respiró hondo y se volvió a mirar.

Davey había desaparecido.

Buscó una excusa rápidamente.

—¡Un... un oso! Me ha parecido ver un oso.

Agravar miró hacia atrás también, pero claro, no vio nada.

—Es ridículo. ¿Dónde lo ha visto?

—Allí —dijo señalando en general en la dirección por la que habían llegado—. Me ha parecido verlo, pero puede que me haya equivocado. A lo mejor no era más que una sombra. Sí, seguramente sólo haya sido eso.

Agravar la miró fijamente durante tanto tiempo y con tal duda en sus ojos, que Rosamund creyó que la había descubierto. Finalmente se llevó la mano a la empuñadura de la espada.

—Vamos. Estoy seguro de que lo ha imaginado, pero es mejor no arriesgarse.

—Sí. Vámonos.

No tardaron en salir del bosque y llegar al prado que había frente al castillo. Estaban prácticamente a las puertas de la muralla cuando Rosamund dijo:

—Agravar.

—¿Sí?

—Gracias —se detuvo y lo miró de frente—. Gracias por acompañarme.

Por un momento creyó ver el enfado en su rostro, después cruzaron el puente levadizo sin decir nada.

El placer que había sentido durante su paseo con Agravar desapareció en el momento en que Rosamund vio al padre Leon al día siguiente.

Al verlo dirigirse a ella, no pudo hacer otra cosa

más que quedarse inmóvil, sin siquiera pensar en intentar escapar. Era como si unos hierros invisibles la ataran a la tierra y la obligaran a esperar el inevitable fin de aquel breve periodo de felicidad.

En el rostro de Leon había un gesto de determinación mientras la observaba.

—Ha sido una impertinencia tratar de evitarme de ese modo, Rosamund. Mírate, observándome con los ojos abiertos de par en par con todo descaro, nada que ver con lo que se te ha enseñado. Es evidente que has sucumbido a la vanidad —sus ojos tenían un brillo maligno—. Lord Cyrus hizo bien al enviarme, qué hombre tan sabio y prudente. Los dos conocemos bien tu desdichada naturaleza. Como bien ha dicho siempre mi señor, eres como tu madre y en cualquier momento podrías estropearle los planes.

Rosamund se aferró con fuerza a lo poco que le quedaba de seguridad en sí misma y respondió:

—No soy yo sino su conciencia lo que le hace temer.

—¡Cómo te atreves a calumniarlo!

—Es un asesino. Y usted no es mejor que él. Él mató a mi madre y usted sabe que es cierto.

En los labios del cura apareció una sonrisa fría y cruel.

—¿Qué ocurre? ¿Acaso la serpiente ha vuelto a hablarte al oído, muchacha? No fue lord Cyrus el que ocasionó su muerte...

Entonces ocurrió algo realmente extraño. Por un momento, Rosamund creyó que se había vuelto loca al ver que el padre Leon empezaba a flotar. Lo único que le hizo pensar que no había perdido la cabeza fue la expresión de horror que había en su rostro. Después descubrió la melena rubia del vikingo detrás del cura.

El padre Leon desapareció de su vista en un abrir y cerrar de ojos. A pesar del pánico que le bloqueaba el cerebro, Rosamund tuvo la sensación de que Agravar había agarrado al cura del cuello y lo había sacado a rastras del castillo. Ella no pudo hacer otra cosa que observar la increíble escena durante unos segundos hasta que consiguió salir de su asombro e ir tras ellos. Los siguió en silencio hasta los establos, donde Agravar buscó el burro del cura y subió al padre Leon a su lomo. Indignado y nervioso, el cura intentaba reaccionar de algún modo, pero entonces Agravar se acercó a él y le susurró algo al oído.

Rosamund no pudo oírlo, pero por el modo en que Leon abrió los ojos con horror, supo que no era precisamente una declaración de amistad por parte del vikingo.

Agravar se retiró y golpeó al burro en el lomo. El animal salió corriendo de los establos pegando coces.

Aquéllos que habían observado lo ocurrido se echaron a reír y no pararon hasta que les salieron lágrimas de los ojos. Agravar se dio media vuelta. Él no reía, más bien estaba furioso.

Rosamund dio un paso atrás. Aquel hombre había sido amable con ella; había bromeado, la había hecho reír. Se había sentido incómodo al confiarle la historia de sus padres, pero nunca lo había visto así. Casi le daba miedo... Hasta que se dio cuenta de que se había puesto furioso por ella. Entonces sintió asombro y mucho más miedo. Aunque era otro tipo de miedo, un miedo emocionante, casi placentero.

Se dio media vuelta y echó a correr. Farfulló una disculpa al chocarse con alguien y estaba a punto de seguir corriendo, cuando ese alguien la agarró de la muñeca.

—¡Milady! —dijo una voz.

—¡Davey!

Al mirar discretamente a Agravar comprobó que se había dado la vuelta.

—¿Qué ocurre? —preguntó Davey—. ¿Qué le pasa al vikingo? ¿Qué ha hecho?

Rosamund lo agarró de ambos hombros y lo miró a los ojos fijamente.

—Debemos darnos prisa. Reúnete conmigo esta noche en la puerta del patio de los frutales y discutiremos el plan. Tengo que marcharme de aquí, Davey. Cyrus ha enviado al padre Leon... me equivoqué al olvidarme de él. Cyrus nunca me dejará en paz. Además, lord Robert llegará cualquier día de éstos y entonces no tendré oportunidad de escapar.

Davey se pasó la lengua por lo labios.

—Por fin. Yo estoy preparado, milady. Nos veremos esta noche, después de la caída del sol —añadió solemnemente.

Si Agravar hubiera sido aficionado a las apuestas, se habría jugado su mitad del tesoro de su padre a que en relación con Rosamund, las cosas no podrían ir peor.

Pero habría perdido.

Uno de sus hombres lo alcanzó en el patio inferior.

—Señor —le dijo con urgencia—, hemos divisado un grupo de hombres, llevan los colores de Berendsfore. Parece que lord Robert viene a buscar a la prima de la señora.

Berendsfore. Por un momento lo vio todo borroso. Iba en busca de Rosamund... su prometida.

—¿Señor?

Agravar levantó la vista y parpadeó varias veces.

—Iré a la torre de vigilancia para verlo personalmente.

Un cuarto de hora después los hombres eran ya perfectamente visibles y no mucho después estaban atravesando las murallas de Gastonbury.

Agravar fijó su atención en el hombre a lomos del mejor caballo, un caballero elegantemente vestido con ropas de viaje. Debía de andar por los cuarenta y cinco años, tenía el cabello castaño y los hombros erguidos a pesar de que ya no era ningún jovencito. Sin duda era un hombre distinguido.

Había oído hablar de él. Según contaban había sido un gran guerrero en otros tiempos, pues la paz reinaba en sus tierras desde que él las gobernaba. Los otros señores tenían buena imagen de él y a menudo actuaba de emisario entre ellos y el príncipe John, pues todos conocían sus dotes como diplomático.

Sería un buen marido, pensó Agravar con amargura.

—Avisad en el castillo de la llegada del prometido de lady Rosamund.

Trece

Lucien recibió a Robert de Berendsfore y lo condujo directamente al gran salón.

—Le presento a mi capitán, Agravar Hendronson —le dijo Lucien al acercarse a Agravar.

Ése era su verdadero nombre, pero a Agravar no le gustaba, sobre todo porque según la tradición danesa, el apellido acabado en «son» derivaba del nombre del padre y no había palabras suficientes en el mundo para describir el asco que sentía ante la idea de que lo identificasen como hijo de su padre.

Prefería que lo conociesen como Agravar el Vikingo o Agravar de Gastonbury, aunque normalmente no necesitaba más identificación que su nombre de pila. No había muchos bastardos medio vikingos sueltos por Inglaterra.

Robert inclinó la cabeza en un gesto de respeto que impresionó a Agravar. Aquél era un hombre poderoso que no tenía por qué prestar atención a un plebeyo como él.

—Tu leyenda te precede —le dijo Robert y después se volvió hacia Lucien para añadir—: Como a usted la suya. Es un honor que me reciba en su casa y le agradezco enormemente que haya protegido a mi prometida de todo mal —frunció el ceño al mirar a su alrededor—. Debo admitir que estoy impaciente por comprobar personalmente que se encuentra bien. Llevo preocupado desde que llegó a mis oídos la noticia de que habían intentado secuestrarla.

Fue Lucien el que contestó.

—Está muy bien. Mi esposa y mi suegra la traerán enseguida.

Robert asintió y comenzó a hablar de otras cosas, mostrando un gran interés por todo lo relacionado con Gastonbury y una enorme curiosidad por saber si eran ciertas las historias que circulaban sobre el modo en que Lucien había ganado aquellas tierras.

Agravar se quedó atónito al escuchar la detallada explicación de Lucien, que solía mostrarse reticente hasta el punto de resultar grosero cuando alguien sentía curiosidad por él.

—Cuando yo era muy joven, mi padre fue asesinado por Edgar du Berg, lord de Gastonbury, y yo habría acabado de igual modo si no hubiera sido por la codicia de los patanes a los que envió a hacer el trabajo, que me vendieron como esclavo y le dijeron a Edgar que me habían matado. Así llegué a trabajar como esclavo en la casa del padre de Agravar en Dinamarca. Fue allí cuando nos hicimos amigos, Agravar había viajado a aquellas tierras por sus propios motivos. Yo... escapé con la ayuda de Agravar y juntos le robamos la fortuna al vikingo.

Agravar pensó en la habilidad con la que Lucien relataba la historia dejando a un lado detalles como el asesinato a sangre fría, como el parricidio cometido por Agravar.

—Yo había jurado que le quitaría todo a Edgar —continuó contando—. Así que le declaré la guerra tan pronto como pude juntar mi propio ejército a mi regreso a Inglaterra. No fue difícil derrotarle y hacerme con todo lo que había sido suyo.

—Incluyendo a su mujer, según tengo entendido.

Lucien mostró cierta incomodidad al oír aquello.

—Por razones políticas me resultaba ventajoso tomar por esposa a la viuda de Edgar.

Robert sonrió de un modo que lo hizo parecer más joven.

—Me atrevería a decir que fueron algo más que razones estratégicas las que lo condujeron a tal unión. Le felicito. Una buena esposa es un regalo que no puede compararse con ningún otro.

Lucien miró a Agravar con gesto culpable.

—Estoy de acuerdo.

—Lo que nos devuelve al motivo de mi visita. Aún no conozco a mi futura esposa y estoy impaciente por verla.

—¿Ni siquiera ha visto a Rosamund? —preguntó Agravar. Aunque tal costumbre no era inusual, se sintió intrigado y se preguntó si aquello no tendría algo que ver con el extraño comportamiento de Rosamund.

—Fue un arreglo al que llegué con lord Cyrus de Hallscroft.

¿Sería por eso por lo que Rosamund parecía siempre tan inquieta? ¿Acaso temía a lord Robert porque era amigo de su padrastro? Agravar sabía el desprecio que sentía por Cyrus.

—¿Conoce bien a lord Cyrus?

Robert hizo un gesto que dio a entender que aquélla le parecía una pregunta extraña y seguramente lo fuera. Además, el propio Agravar tenía la sensación de que el tono en que la había formulado había hecho que sonase a acusación.

Robert contestó de todos modos y sin apartarse en ningún momento de su cortesía.

—Diría que no es más que un conocido. Lo conocí en la corte. Él buscaba un buen pretendiente para su hijastra y yo andaba en busca de esposa. Fue un trato muy ventajoso para ambas casas.

Lucien miraba a Agravar como si acabaran de salirle dos cuernos y el vikingo temió acabar de delatarse con aquella pregunta. Claro que quizá sólo fuera que su amigo lo conocía demasiado bien. Por supuesto que los matrimonios se arreglaban para sacar provecho de ellos; no era más que un negocio.

Lucien intervino en una inusual muestra de sensibilidad.

—Mi esposa y su madre tienen mucho cariño a lady Rosamund y Agravar sabe que están muy afectadas ante la idea de perder su amistad cuando se marche de Gastonbury. Por eso se muestra tan protector con nuestra invitada.

Robert aceptó la explicación sin mayor inconveniente.

Las damas entraron justo en ese momento. La primera fue Alayna, que realizó una sorprendente reverencia teniendo en cuenta su estado. Lucien acudió de inmediato junto a ella y la agarró del brazo. Parecía que la dama estaba de buen humor aquel día, pues aceptó de buena gana la ayuda de su esposo e incluso lo miró con cariño. Agravar tuvo que mirar hacia otro lado. A veces le dolía ver el amor que sentían el uno por el otro. Era algo que había empezado a pasarle últimamente.

—La madre de mi esposa, lady Veronica de Avenford —dijo Lucien.

—Milady —la saludó Robert con voz cálida.

—Milord —respondió ella, al tiempo que se inclinaba con suma elegancia.

Veronica no trató de disimular mientras observaba detenidamente a lord Robert. Siempre había protegido a su hija como una verdadera leona y ahora parecía dispuesta a hacer lo mismo con su tímida sobrina. Todo indicaba que le había gustado lo que había visto en él.

—Permítame que le presente a mi prima, Rosamund Clavier.

Rosamund estaba pálida como un fantasma, con los ojos abiertos de par en par. Se acercó a ellos con paso tembloroso y, al hacer la reverencia, se tambaleó ligeramente como si le fallara el equilibrio.

Agravar dio un paso adelante, pero enseguida se detuvo.

Robert le tendió ambas manos, Rosamund las miró un momento y después debió de entender que se las ofrecía por cortesía. Puso una mano sobre las suyas, pero no levantó la vista.

—Qué bien conocernos por fin, lady Rosamund —dijo Robert amablemente—. Eres tan hermosa como me habían asegurado.

Agravar luchó contra el deseo de gruñir y separarlos de inmediato.

Alayna sugirió que ocuparan sus lugares en la mesa principal y comieran algo.

—Creo que tenemos algunos amigos en común —comentó Veronica cuando todo el mundo se hubo sentado—. Lord Garon y su esposa eran buenos amigos de mi difunto marido y míos.

Robert parecía encantado.

—¿Garon de Lockenland? ¿Cómo es que conoce a ese cascarrabias?

—Mi marido y él sirvieron juntos al mismo señor feudal. Él le mencionó a usted alguna vez.

—Vaya, espero que no me juzgue por lo que haya oído de mí —le dijo Robert con una simpática carcajada.

—No, milord —respondió ella con ojos chispeantes—. Puede estar tranquilo, que siempre hablaba bien de usted. Sin embargo, tengo la sensación de que juntos vivieron interesantes aventuras durante las cruzadas.

—Yo más bien las llamaría desventuras. ¿Qué tal está Garon? ¿Lo ha visto últimamente?

—Intento volver a Londres siempre que puedo, pero no lo hago tan a menudo como me gustaría desde que me vine a vivir aquí. Estuve allí el año pasado y lo vi en la corte.

—¡Espere un momento! —exclamó Robert con asombro—. ¡Usted es Veronica de Aventford!

—Sí, lo sé —respondió ella con expresión divertida.

—Recuerdo que la última vez que vi a Garon hace años habló de usted. La llamó...

Veronica parecía repentinamente incómoda.

—La pequeña mariscal.

Robert dio un golpe en la mesa.

—¡Eso es!

Veronica meneó la oscura cabellera en un gesto imperioso y femenino al mismo tiempo.

—Garon siempre fue incorregible —echó un vistazo a su hija, que la observaba boquiabierta—. Lo era —aseguró dirigiéndose a ella—. Tu padre siempre lo tuvo en gran estima, pero a mí me parecía que su comportamiento era algo cuestionable.

—Sí, madre —asintió Alayna haciendo un evidente esfuerzo por no sonreír—. ¿Por eso siempre hablas de él con tanto cariño? ¿Y vas a visitarlo siempre que vas a Londres?

Veronica desestimó las preguntas de su hija con un gesto. De pronto parecía mucho más joven, casi tanto como Alayna. Robert y ella siguieron descubriendo que tenían muchos otros amigos en común.

Al otro lado de la dama, Rosamund permanecía en silencio. Agravar no había visto jamás a alguien más perdido que ella.

El verla así le provocó una extraña sensación, pero fue la frustración lo que hizo que finalmente se alejara de ellos, la certeza de que no podía hacer nada por ella. Y de pronto se dio cuenta de que allí no había lugar para él. Aquél era un asunto familiar.

Así pues, se puso en pie y se excusó del grupo. Nadie se fijó en que se iba, excepto Rosamund.

Lo miró a los ojos sólo un momento antes de volver a bajar la mirada.

Agravar salió del salón.

—Rosamund, querida, ¿por qué has estado tan callada? —le preguntó Veronica al entrar a su dormitorio.

Hilde estaba recogiéndole el pelo en una redecilla adornada con perlas. La doncella, que no conocía la timidez, no dudó en dar su opinión.

—Deberías estar poniendo tu mejor cara. Lord Robert es un caballero muy guapo. Ha venido hasta aquí para llevarte a tu nueva casa, eso demuestra que tiene un buen corazón. Y protector, porque no quiere que le pase nada a su prometida. Porque eso es lo que eres ahora; eres suya. Ay, lo que debe de ser pertenecer a un hombre así —añadió con una sonrisa de deseo.

—Creo que Rosamund entiende cuál es su situación ahora, Hilde —opinó Veronica.

—Esta criatura está tan asustada —siguió diciendo la doncella—. Está bien ser un poco tímida, a los hombres suele gustarles, pero si se muestra demasiado tímida, pensarán que es simple. No lo entiendo. Todo el rato sentada sin decir nada, sin hacer el menor esfuerzo para mostrarse atractiva ante su futuro marido.

Veronica acalló a la parlanchina sirvienta con un gesto y le quitó el cepillo de la mano.

—¿Es eso cierto, niña? ¿Es por eso por lo que eres tan tímida?

—Sí, supongo que sí —Rosamund miró a Veronica a través del espejo—. Ese hombre... me imponía.

—¡Por supuesto! —exclamó Hilde, que seguía detrás de la dama—. Yo diría que es un caballero impresionante —añadió con entusiasmo.

—Hilde —la interrumpió Veronica amablemente—. Por favor, ve a la cocina y tráele a Rosamund un vaso de vino y algo de comer. Antes estaba demasiado apabullada para comer, pero esta noche va a necesitar fuerzas.

La excusa no pudo engañar a Hilde, pero no podía discutir las órdenes de Veronica. Nadie en su sano juicio se habría atrevido a hacerlo.

—Ahora podemos hablar sin interrupciones —anunció la dama cuando Hilde se hubo marchado—. Pero debo admitir que estoy de acuerdo con Hilde en una cosa. Percibo un gran desasosiego en ti. Siempre está ahí, pero hoy me ha parecido... más fuerte. ¿Es por lord Robert? ¿Te asusta?

—No —se apresuró a decir Rosamund.

—Mi niña, no tengas prisa en negarlo. Sé que resulta intimidante pensar en casarse con un hombre al que no conoces, pero debes dar gracias al Señor de que se trate de un hombre de buen carácter como lord Robert. No podrías haber encontrado mejor marido. Es rico y, como tantas veces ha señalado Hilde, bastante bien parecido. Es cierto que es algo mayor que tú, pero sigue siendo fuerte y guapo. Te dará muchos hijos... —Veronica miró la cara pálida de la muchacha unos segundos—. Qué tonta soy. ¿Es eso lo que te preocupa... el lecho conyugal?

Rosamund se sorprendió tanto de oír aquello, que se sobresaltó.

—No, milady. Mi padrastro hizo que su cura me instruyera en los deberes de una esposa.

—Madre mía —murmuró con lástima—. Seguro que esa bestia hizo que pareciera algo atroz.

La espontánea reacción que adivinó en el rostro de Rosamund confirmó sus sospechas.

—Lord Robert será amable contigo. Es cierto que al principio te resultará extraño, pero ya verás como te acostumbras.

Las mejillas de Rosamund adquirieron un color rojo escarlata.

—Sé que ahora te da vergüenza —continuó diciendo Veronica—. Pero debes saber que, con el tiempo y la ayuda de Dios, verás esa parte del matrimonio como algo más que una obligación. Esa unión y esa ternura que se comparte en el acto puede ser algo maravilloso y placentero. Espero que pronto lo veas de ese modo, Rosamund.

Rosamund se limitó a asentir, pero por dentro no podía evitar preguntarse cómo podía ser cierto lo que estaba oyendo. Según lo que le había contado el padre Leon, aquel acto era la mayor depravación que podía imaginarse. Para ella, aquella humillación no era más que otra carga que debían soportar las mujeres al casarse. ¿Cómo podría proporcionar placer alguno?

Entonces pensó en Agravar.

¿Y si fuera con él con el que tuviera que compartir el lecho? Imaginó sentir sus manos sobre ella, su miembro entre las piernas como le habían dicho que debía ser.

Sintió un escalofrío, pero no de asco. La idea de que él la tocara y de tocarlo a él la inundó de un extraño calor, que le cortó la respiración por un instante.

Estaba confusa. Cuando el padre Leon le hablaba de los «pecados de la carne» nunca había imaginado que pudiera sentirse así. Pero claro, ella ya no era la chiquilla que se había marchado de Hallscroft meses atrás.

La imagen que veía frente a ella en el espejo parecía la misma, pero por dentro ya no volvería a ser la misma que había sido antes de llegar allí.

Antes de él.

Veronica le acarició la cabeza con cariño.

—Pareces tan perdida.

—No... sólo estoy abrumada —murmuró Rosamund y bajó la mirada para que su amiga no percibiera nada en sus ojos.

Veronica lanzó un suspiro.

—El pelo ya está. Ahora quiero que te comas lo que te traiga Hilde, sin protestas, por favor.

Rosamund respondió con una tenue sonrisa.

—Y quiero verte más contenta en la cena. Nada de encogerse.

—Sí, milady.

—Muy bien. Entonces te veré en el salón.

Cuando Hilde apareció con la bandeja, Rosamund se esforzó en comerse hasta el último bocado a pesar de tener la garganta completamente seca.

Catorce

Rosamund hizo todo lo que estaba en su mano para estar más agradable e ingeniosa durante la cena, pero cada vez que lord Robert le dedicaba sus atenciones, no podía hacer otra cosa más que responder tartamudeando algo completamente incoherente. Su prometido fue muy amable al no denunciar de algún modo su estúpido comportamiento, pero era evidente que se sentía perplejo. Finalmente dejó de intentarlo aunque Rosamund no habría sabido decir si fue por lástima o por indignación.

Sabía que estaba defraudando a lady Veronica, que por algún motivo, parecía ansiosa por que Rosamund causara buena impresión en su futuro esposo.

Cuando se hizo obvio que sus esperanzas no verían fruto alguno, la buena dama se encargó de que la conversación no decayera y fue ella la que charló animadamente con lord Robert. Eso dejó libre a Rosamund para pensar en su propia desdicha y en el absoluto ridículo que estaba haciendo.

En todo momento sintió los ojos azules de Agravar sobre ella. Aquel hombre veía demasiado. A veces Rosamund llegaba a pensar que lo veía todo.

La conversación que había tenido con Veronica no dejaba de volver a su cabeza para desatar un millar de preguntas.

¿Cómo sería pertenecer a Agravar?

Intentó no pensar demasiado en tan atrayente perspectiva. De nada servía ansiar algo que no se podía tener. Eso era algo que le había enseñado Cyrus. Su padrastro siempre había tenido una magnífica habilidad para destruir aquellas tiernas esperanzas que podrían haber despertado sus deseos de rebeldía.

No se atrevió a volver a mirar a Agravar, pero sabía que estaba allí y que su mirada no se separaba de ella. Decidió concentrarse en la multitud congregada en el salón. Fue entonces cuando un rostro atrajo su atención. Era Davey.

Se encontraba en un rincón del salón, sentado junto a un grupo de bulliciosos soldados. Aún con el atuendo de fraile, le brillaba la tonsura por culpa del sudor. Se puso en pie en cuanto vio que ella lo estaba mirando; parecía llevar un tiempo intentando atraer su atención y por eso se puso en movimiento tan pronto como lo consiguió. Hizo un gesto hacia el pasillo que conducía a la cocina y se encaminó hacia allí.

Rosamund hizo un esfuerzo por volver a respirar. Le ardían las mejillas y las orejas.

¿Lo habría visto alguien? ¿Lo habría visto él?

Miró disimuladamente hacia Agravar y vio que, afortunadamente, justo en ese momento estaba entretenido conversando con otro soldado. ¿Estaba a salvo? ¿Realmente no había visto que Davey le había hecho señas para que lo siguiera?

Rosamund se puso en pie y se quedó inmóvil, en silencio. Lucien fue el primero que la miró, sorprendido de verla allí de pie. Pero fue Robert el que habló.

—Rosamund, ¿te ocurre algo?

—Perdone, milord. ¿Me excusa un momento?

Se hizo un intenso silencio. Todo el mundo la miraba. Entonces lord Robert se aclaró la garganta y respondió:

—Por supuesto, Rosamund. No hace falta que pidas permiso.

—Lo siento, milord. No volveré a molestarlo.

Mientras bajaba del estrado vio que Agravar la observaba con el ceño fruncido.

Tenía la sensación de haber hecho algo inadecuado, pero no sabía muy bien el qué. ¿Habría ofendido a alguien? ¿Habría puesto en vergüenza a lord Robert?

¿Qué haría él al respecto?

Salió del salón y, nada más adentrarse en el pasillo, una mano la agarró del brazo y la sumergió aún más en la oscuridad.

—¿En qué estabas pensando? —le susurró Davey duramente—. He estado más de una hora intentando pedirte que vinieras, pero no me has mirado ni una sola vez.

Rosamund miró atrás para asegurarse de que nadie los veía. Una vez tuvo la certeza de que así era, se volvió hacia Davey.

—Lo primero, no te había visto hasta hace un momento —dijo retirando el brazo de su alcance—. He venido en cuanto te he visto. Y lo segundo, aunque te agradezco enormemente todos tus esfuerzos, sigo siendo tu señora y no voy a aceptar que me des órdenes, Davey.

—¿Y a quién se lo aceptas? ¿A tu vikingo?

—¿Qué? ¿Qué tiene él que ver con todo eso? Y no es mi vikingo, aunque eso no es asunto tuyo.

—¿Dices que no aceptas órdenes mías? Tú riendo alegremente en el bosque mientras yo ideo un plan para liberarte... No puedes jugar conmigo de ese modo, Rosamund.

No podía creer lo que oía.

—Davey, ¿qué te pasa? No tienes derecho a hablarme así.

El joven hizo un evidente esfuerzo por controlar su ira antes de seguir hablando.

—Es que nunca me había sentido así. No sabes todo lo que he tenido que pasar en las últimas semanas —la miró con ojos febriles—. Me paso el día esperando, observándote y viendo cómo cada vez pareces más contenta aquí, olvidando que te aguarda el desastre. Te recuerdo que lord Robert ya está aquí y que la paz de la que has disfrutado llega a su fin —adoptó un tono ciertamente despectivo—. Crees que tu vikingo va a salvarte, ¿verdad? Que él te protegerá.

—¡No es cierto!

—Él no puede hacer nada por ti —prosiguió vehementemente—. Puede que sea grande y fuerte, todo un gigante, pero no puede ayudarte, Rosamund. Está al servicio de Lucien y ninguno de los dos haría nada que fuera contra la ley. Sólo yo puedo garantizarte la libertad. ¿Es que no lo ves? Él es tu enemigo. Yo soy tu único amigo.

—Deja de reprenderme —respondió Rosamund con una firmeza que no sentía porque en realidad estaba temblando—. Sé perfectamente que Agravar no puede salvarme a pesar de lo amable y comprensivo que ha sido conmigo. Tampoco yo se lo pediría. Puede que sienta compasión por mí, pero efectivamente está al servicio de Lucien —hizo una pausa y consideró lo que sabía del marido de Alayna—. Lucien jamás se sale de lo que es justo y honorable para un hombre de su posición. Es a él a quien más temo porque sé que nunca le he gustado y que nadie conseguiría que sintiera la menor compasión por mi situación —tragó saliva para intentar deshacer el nudo que se le había formado en la garganta—. Sólo cuento contigo, Davey.

Davey la miró unos segundos antes de sacarse de debajo del hábito una bolsa y dársela a ella.

—Te espero en la entrada posterior del castillo —le dijo finalmente.

Rosamund asintió. El plan era bueno; a pesar del riesgo había posibilidades de éxito. Y sin embargo no estaba del todo segura de poder hacerlo.

Una profunda tristeza la invadió por dentro. Qué difícil iba a resultarle decir adiós a aquellos agradables días que había pasado en Gastonbury y a la compañía de aquellos que allí vivían y que con su amabilidad habían hecho que se sintiera querida.

¡Qué tontería! La felicidad que había encontrado allí no podría continuar de ningún modo, pues si no escapaba con Davey, tendría que marcharse a Berendsfore con su futuro esposo.

Pero no podía dejar de sentir que allí había encontrado un hogar por primera vez en su vida. Allí estaban sus amigos. Y Agravar. En cierto sentido... o quizá en todos los sentidos, era a él lo que más iba a costarle dejar atrás. Él le había mostrado partes de sí misma que ni siquiera había sospechado que existieran y la había mirado de un modo que no alcanzaba a comprender del todo pero que hacía que su cuerpo respondiera de inmediato. Algo que Rosamund disfrutaba y que deseaba.

Porque lo deseaba a él.

De pronto se dio cuenta de que no quería irse de allí.

No quería dejar a Agravar, ni a los demás. Pero tampoco podía quedarse.

¡Alguien se acercaba! Rosamund respiró hondo y escondió la bolsa mientras Davey se escabullía en las sombras.

—¿Rosamund? ¿Qué hace aquí? —era Agravar, por supuesto. Siempre tras ella, vigilándola.

Parecía preocupado y Rosamund sintió el deseo de acariciar la arruga que se le había formado en la frente y hacer desaparecer su preocupación con palabras dulces. Pero, ¿qué consuelo iba a ofrecerle ella sabiendo que las sospechas que preocupaban a Agravar eran totalmente ciertas?

Lo miró en silencio, tratando de no pensar en la bolsa que ocultaba entre los pliegues del vestido.

—¿Qué esconde?

¿Qué diría él si le dijera, «Ayúdame, Agravar. Tengo que huir»?

Era una locura.

—Yo... —no podía hacerlo, no debía arriesgarse—. Me he perdido. Aún no conozco bien el castillo.

Agravar la observó con desconfianza y después miró a su alrededor, tratando de escuchar algún ruido, pero nada la delató. Davey era rápido y ya se había esfumado.

Rosamund observó su perfil, la ancha mandíbula, los pómulos marcados, la nariz de halcón. Su cabello rubio parecía de seda y resultaba extraño que algo tan delicado perteneciera a un hombre tan duro.

—Me pareció oír voces —le dijo entonces con clara desconfianza.

—Era yo. Estaba cantando.

Como respuesta obtuvo una mirada nada amable.

—Tengo que volver a...

—Espere un momento. Me gustaría que me diera algunas respuestas.

—¿A qué preguntas?

—Tengo tantas que me siento algo confundido —cruzó los brazos sobre el pecho—. Puede empezar diciéndome por qué se comporta como si lord Robert fuera su verdugo en lugar de su futuro esposo.

—Eso no es cierto. Lord Robert es un buen hombre —aseguró como si fuera parte del catecismo.

—Desde luego que lo es, he podido comprobarlo

por mí mismo. ¿Entonces por qué reacciona como si fuera un demonio que fuera a apoderarse de su alma?

—Qué ridículo —había empezado a temblarle la voz.

—¿Eso le parece? Su comportamiento me resulta demasiado extraño como para explicarlo con excusas tan endebles, milady.

—No tengo por qué darle a usted ninguna explicación.

—Eso es cierto. Yo no soy nadie. Quizá entonces deba hablar con lord Robert de lo que me preocupa. Ante él sí que tendrá que explicarse.

—¡No! —lo agarró con la mano que le quedaba libre—. Le suplico que no lo haga.

Agravar meneó la cabeza con estupefacción.

—Pensé que estaría agradecida de ir a casarse con un hombre así. No creo que eche de menos nada de su vida en Hallscroft.

—Usted no sabe nada mi vida.

—Recuerde, mi querida dama, que conozco al cura que envió su padrastro y escuché unas opiniones que, debo admitir, consiguieron que se me revolviera el estómago. Y debo recordarle también, mi voluble dama, que fui yo el que echó de aquí a ese cretino.

Rosamund recordó la imagen del padre Leon a lomos del burro y no pudo evitar sonreír.

—Se lo merecía. Fue muy grosero con usted y con lady Veronica.

—Lo hice por lo que le dijo a usted —afirmó él con voz suave.

—Yo no le pedí que lo hiciera.

—Usted no le pide nada a nadie y sin embargo todos deseamos servirle. ¿No se ha dado cuenta? Lady Veronica, Alayna, yo mismo e incluso el pobre Lucien hace lo que puede por mostrarse amable por usted. ¿Por qué se resiste tanto, Rosamund, si todo lo que ha encontrado aquí ha sido amabilidad? No hubo hombre, mujer o niño en este castillo que no despreciara a ese maldito cura desde el momento en que se hizo obvio lo que pretendía —Agravar esbozó una sonrisa—. ¿Vio cómo los pies se le sumergían en el barro mientras el burro corría despavorido?

—La verdad es que fue una retirada muy poco digna —admitió riéndose.

Qué fácil resultaba olvidarse de todo estando con él. Una vez más, Agravar estaba haciendo que sucediera lo imposible, que volviera a sentirse una mujer nueva, una mujer capaz de elegir su propio destino. Dio un paso más hacia ella, clavando sus ojos azules en su rostro y, cuando habló, lo hizo con voz susurrante.

—Estuve a punto de matarlo. Deseé hacerlo y nunca había sentido tal deseo fuera del campo de batalla.

Rosamund intentó respirar con normalidad a pesar del efecto que tenían en ella aquellas palabras.

Le rozó la barbilla con la punta de los dedos, desatando un millón de escalofríos de placer por todo su cuerpo. Seguramente Agravar no sospechaba siquiera lo que provocaba en ella tan simple caricia.

—Me pone enfermo —murmuró—. Odio pensar en todas esas barbaridades que le han enseñado, todas esas mentiras con las que tuvo que crecer y que sin duda la han confundido. Cuando uno crece en tal ambiente, es difícil distinguir el bien del mal y saber qué es real y qué no.

La cabeza le daba vueltas. El roce de sus dedos y sus palabras eran como una droga.

—Rosamund...

Estaba acariciándola y ella no podía hacer nada. Ni siquiera se atrevía a respirar. Por un momento temió que fuera a besarla. Deseaba que lo hiciera, ansiaba desesperadamente que diera ese último paso y la hiciera suya. Entonces se derretiría en sus brazos, se lo contaría todo y lloraría sobre su hombro. Pero eso no serviría más que para empeorarlo todo.

Buscó algo que decir o que hacer para recuperar la cordura y finalmente murmuró:

—Debería volver. Lord Robert debe de estar esperando que regrese.

Seguramente fuera lo que debía decir porque Agravar dejó de acariciarla y apretó los dientes unos segundos antes de responder.

—No le importará que tarde —dijo con voz más fuerte.

—Aun así, no me gustaría hacerlo enfadar.

Agravar buscó una respuesta, pero finalmente se limitó a morderse el labio inferior y guardar silencio. Rosamund reunió las fuerzas necesarias para alejarse de él, pero sólo dio unos pasos antes de detenerse y volverse a mirarlo.

Pensó en lo que había estado a punto de ocurrir. Había considerado la idea de besarlo. ¿Qué importaba? Su secreto seguía a salvo y en unas horas habría desaparecido de allí y no volvería a verlo.

¿Y si se abandonaba en sus brazos y se dejaba llevar por el deseo que la quemaba por dentro? ¿Y si le entregaba su inocencia aquella noche, la última que pasarían juntos?

Al día siguiente estaría muerta. ¿Qué importaría entonces que no fuera virgen?

—Adelante, váyase a la cama —le ordenó Agravar—. Sé que no desea volver y, sinceramente, será un alivio para todos no tener que ser testigos de su sufrimiento. Yo la excusaré ante Robert.

Sí, no podía volver allí. Lo maravilloso de la muerte es que suponía una liberación del miedo. Así pues, Rosamund ya no temía la ira de Robert.

Se alejó de él casi corriendo en busca del refugio que encontraría en su dormitorio. Allí haría lo que tenía que hacer. La muerte y la resurrección la esperaba y el vikingo no podía formar parte de ello.

Quince

La mañana era clara, sólo quedaban algunos restos de niebla que se resistían a desaparecer, como briznas de fantasmas que no dejaban que el brillo del sol los desterrara de sus sueños nocturnos.

En la sala de armas, Lucien, Will y Agravar inspeccionaban la colección de espadas.

Juntos de nuevo, los tres camaradas reían como si los años que tanto los habían cambiado no hubieran pasado.

A Agravar no dejaba de sorprenderle lo natural y agradable que le resultaba la escena. Lucien estaba todo lo relajado que era posible en él, de lo que daba cuenta la ligera sonrisa que asomaba a sus labios de vez en cuando. Los tres mostraban el cariño que se tenían con continuas bromas y comentarios ingeniosos, e incluso a veces despiadados.

Una figura femenina apareció en la puerta de la sala y los tres se volvieron a mirarla. Agravar la reconoció de inmediato, a pesar de que la había visto sólo una vez, en el castillo de Will y entonces su aspecto era... muy diferente.

Olivia había aparecido envuelta en harapos y misterio, pero Will no había tardado en hacer desaparecer ambas cosas y convertirla en su esposa. La suave influencia de Olivia había curado la herida abierta entre Will y su señor y les había devuelto la amistad, perdida durante un tiempo.

Miró a su esposo desde la puerta y sonrió, al tiempo que le tendía una mano para que se acercara a ella. Pero antes hizo una reverencia a Lucien.

—Señor, mis disculpas.

—Por el amor de Dios, Will, dile a tu esposa que abandone tales formalidades. ¿Acaso ha tomado clases de Rosamund?

Will se echó a reír y miró a su sorprendida esposa.

—Ven, mi amor, Lucien odia los formalismos. Dime qué necesitas.

—Lamento molestarlos, pero parece que hay algún problema con lady Rosamund. Veronica me ha pedido que avise a lord Lucien.

Lucien gruñó, contrariado.

—Llama a lord Robert, ahora es su responsabilidad —pero al ver el gesto de Olivia, no le quedó más remedio que ceder—. Está bien. ¿Qué le ocurre a lady Rosamund?

A diferencia de Rosamund, Olivia no temía la bravuconería de Lucien.

—Ha cerrado su puerta con llave. Su doncella ha intentado entrar, pero la dama no responde.

La primera señal de alarma estalló dentro de Agravar.

—¿Está segura de que está dentro? —preguntó dando un paso al frente.

—Señor, la puerta está cerrada por dentro. Si no ha sido ella, ¿quién ha podido echar el cerrojo?

—¿Y qué dice cuando llaman a la puerta?

—Nada. No ha respondido ni una sola vez.

—Pero bueno, ¿qué pretende esa mocosa? —espetó Lucien con voz cortante—. Desde que llegó a mis tierras no ha hecho más que causarnos preocupaciones. Esa muchacha me crispa los nervios.

—No puedes culparla por haber sido víctima de dos bellacos —replicó Agravar, sorprendido de la ira que había despertado en él las palabras de Lucien.

Algo iba mal. Muy mal.

Olivia continuó hablando, ajena a sus peleas.

—Lady Veronica me ha pedido que venga a buscarle, cree que podrían tener que forzar la puerta. ¿Vendrá?

Agravar no esperó a ver qué respondía Lucien. Echó a correr sin importarle aquéllos que encontrara a su paso, los echó a un lado y voló hacia los aposentos de Rosamund con una sola cosa en mente. ¿Qué había hecho esa insensata?

Al llegar allí, golpeó la puerta con fuerza e intentó abrir inútilmente.

—Eso ya lo hemos intentado —le dijo lady Veronica.

Volvió a golpear la madera con todas sus fuerzas.

—¡Rosamund!

Veronica parecía cada vez más impaciente.

—¡Eso también lo hemos intentado, Agravar!

—Señor, la he llamado hasta quedarme afónica —le dijo Hilde agarrándolo del brazo—. Yo creo que a esa pobre niña le ha pasado algo. Dios mío, la dulce Rosamund, tan hermosa y tan...

—Echa la puerta abajo —la voz de Lucien cortó en seco los lamentos de la doncella.

Los tres amigos se colocaron frente a la puerta y, al contar tres, se lanzaron contra la gruesa madera de roble, que crujió pero no cedió.

Fueron necesarias tres dolorosas embestidas más para que la puerta sucumbiera. Agravar coló la mano a través de un hueco de la madera rota y abrió el cerrojo, sin sentir siquiera las astillas que se le clavaban en la piel.

La doncella gritó al ver la sangre, pero él no podía

pensar en eso, sólo quería entrar en la habitación. Cuando por fin lo hicieron, comprobaron que estaba vacía, la cama sin deshacer y todo en perfecto orden. Agravar se quedó de pie en medio de la estancia, mirando a su alrededor mientras Hilde y Veronica llamaban a Rosamund. Fue entonces cuando oyó el grito de Olivia y siguió la dirección de su mirada.

El corazón se le detuvo al ver la sangre.

En sólo un instante se le pasaron un millón de cosas por la cabeza. Se fijó en que había varias manchas de sangre por la habitación; en el baúl, en el tocador, en la pared y una última en la repisa de la chimenea.

Will se acercó a inspeccionar las manchas. Oyó la voz de Lucien pidiéndoles a las damas que salieran de la habitación mientras Will iba a asomarse a la ventana. Agravar lo vio negar con la cabeza y comprendió de inmediato lo que estaba haciendo. Estaba buscando el cuerpo.

No. No estaba muerta.

La cabeza se le llenó de recuerdos, de imágenes de ella. En el jardín, en el bosque o la noche anterior, en el pasillo.

Lucien le puso una mano en el hombro.

—Agravar, tú la conoces mejor. ¿Se te ocurre algo que pudiera ayudarnos?

Will se acercó a ellos y dijo una sola palabra.

—Nada.

Su cuerpo no estaba.

—Agravar —insistió Lucien.

Cerró los ojos y trató de pensar. «¡Piensa!» ¿Qué demonios estaba ocurriendo?

El cura. Rosamund le tenía mucho miedo. ¿Habría vuelto el padre Leon a vengarse? ¿O acaso el secreto que sin duda ella ocultaba la había llevado a quitarse la vida? Pero, si hubiera sido así, la habrían encontrado. O si la hubieran asesinado, ¿por qué iba el asesino a llevarse su cuerpo sin vida?

Agravar abrió los ojos de par en par.

—La sangre no significa nada. Debemos suponer que está viva.

—Estoy de acuerdo.

Su cerebro no paraba de buscar indicios, pistas que pudieran ayudarlos a encontrarla. Una vez le había dicho que era una experta en el mal. ¿Qué significaba eso? ¿Qué clase de mal había sucedido allí la noche anterior?

—Agravar, ¿me has oído?

—Debemos salir a buscarla —dijo después de tomar aire—. Si su cuerpo no está aquí, la sangre no significa nada. Si está... muerta, su asesino no puede estar lejos.

Lucien no parecía muy seguro.

—Quizá deberíamos registrar antes el castillo.

—No —aseguró Agravar impacientemente—. Sería una pérdida de tiempo.

Will estaba inquieto.

—La sangre está casi seca. Lleva aquí horas.

Agravar lo miró con tal intensidad que Will se quedó pálido.

—Entonces será mejor que nos demos prisa —gruñó el vikingo.

No había más que decir.

Al aire libre, en el prado, el mundo parecía irreal. Agravar estaba aturdido. Intentaba sacudirse aquella sensación porque necesitaba estar completamente alerta, pero su cerebro parecía obsesionado con la terrible pregunta de qué haría si la perdía.

Era todo culpa suya. Él era el capitán, su obligación era velar por la seguridad del castillo y de todos los que lo habitaban. Desde el principio había sabido que a Rosamund le preocupaba algo, que tenía algún secreto que le ocultaba. Debería haberla vigilado más de cerca, haberle preguntado con más insistencia.

Lord Robert se había unido a ellos y ahora cabalgaba entre Lucien y Will. Tenía la cara completamente blanca y el cuerpo en tensión. Sus hombres acompañaban a la guardia de Lucien, que iba barriendo hasta el último rincón del bosque.

A Agravar se le pasó por la cabeza una idea extraña. La última vez que habían estado en aquel bosque, había perseguido a sus raptores y había conseguido liberarla. Dos veces. «Por favor, Señor, dame suerte una tercera vez».

Dos veces. La había salvado dos veces.

Su cerebro se puso en funcionamiento por fin.

Siguieron cabalgando sin hablar. Escuchando cada sonido del bosque, buscando pisadas de caballo y mirando al horizonte por sin encontraban alguna señal.

Habían intentado raptarla dos veces. Aquélla era la tercera.

¿Tres veces? ¿Cómo era posible que una dama sufriera tres intentos de secuestro en tan poco tiempo?

Entonces recordó la primera vez que la había visto, cabalgando junto al raptor hacia el bosque que había junto al río. No había visto ningún tipo de soga o cadena; el hombre del sombrero rojo no la había llevado atada. ¿Cómo no se había dado cuenta antes?

No. Estaba siendo injusto. Una dama asustada habría seguido al malhechor sin necesidad de amenazas o ataduras.

Quizá sospechaba algo así porque ahora conocía sus temores, su nerviosismo y tenía la certeza de que tenía un secreto que ocultaba desesperadamente.

¿Cómo podía sospechar tal cosa?

Volvió a recordar aquella conversación:

«¿Es usted una experta en el mal, Rosamund?»

«Sí, lo soy. En todo tipo de mal».

La recordó escabulléndose por la escalera del torreón, sola en la oscuridad del pasillo que conducía a la cocina.

El hombre del sombrero rojo.

¿Por qué el secuestrador la había querido sólo a ella... y ni siquiera le había robado las joyas? ¿Sería un ajuste de cuentas?

Tiró de las riendas del caballo y lo detuvo en seco.

—Lucien —le llamó—. Yo... no dejo de darle vueltas a algo.

Lucien se detuvo también y se volvió a mirarlo.

—¿De qué se trata?

De pronto se sintió ridículo.

—No lo sé... No puedo explicarlo.

—Habla, Agravar. Tu instinto nunca se equivoca.

Al darles alcance la otra vez, su acompañante y ella habían ido camino del río que atravesaba aquel bosque. Era una magnífica vía de huida, cerca de un río que no tardaba en llegar al mar. Como si el secuestrador hubiera sabido que ella iba a pasar por allí.

—Voy a ir hacia el río —anunció después de un breve silencio—. Pero iré solo, es mejor que los hombres sigan buscándola en el bosque Si me equivoco, no quiero poner en peligro su vida por culpa de una corazonada, pero tengo que comprobar si lo que creo es posible. Vosotros continuad por el bosque.

—Muy bien, pero llévate algunos hombres.

—No. Lo más probable es que hayan seguido ese camino y no quiero que os falte nadie para buscarlos hasta en el último rincón. Si no encuentro nada, me reuniré con vosotros enseguida.

Lucien se detuvo a pensarlo unos segundos y por fin asintió.

—De acuerdo, amigo.

Rosamund caminaba de un lado al otro junto al río.

Davey acababa de preparar una hoguera y ahora se frotaba las manos con satisfacción.

—La sangre los despistará —alardeó, orgulloso—. Te buscarán por todo el castillo, sin comprender qué ha ocurrido.

—¿Pero por qué cerramos la puerta con cerrojo? ¿No hace que parezca más sospechoso?

—Por supuesto Rosamund —ahora la llamaba Rosamund, nada de «milady» y eso la hacía sentir incómoda—. Toda la situación los dejará confundidos y sin saber qué hacer durante horas. Ése era mi plan, ser más listo que ellos.

Rosamund miró río arriba.

—El bote debería estar aquí ya. Ojalá no tarde. Estar tan cerca de la libertad sin saber si nos siguen me crispa los nervios.

—Aún tenemos tiempo. Te aseguro que no saldrán tras nosotros tan pronto. Relájate. Por cierto, hay algo que aún no te he dicho. El bote... me pareció menos arriesgado pedir que viniera mañana.

—¿Mañana? ¿Tenemos que pasar la noche aquí, tan cerca de Gastonbury?

—Tranquila, Rosamund. Envié a un mensajero con una bolsa de oro, el bote estará aquí con la primera luz del día.

A Rosamund no le gustaba la idea. No le gustaba nada de aquello. Sólo una noche la separaba de la libertad y sin embargo no podía sentir nada más que pesar.

—Todavía nos queda un largo camino por delante, pero no hay prisa. Hemos cabalgado mucho y tenemos que dejar que los caballos descansen.

—Me sentiría más tranquila si estuviéramos ya en el bote. ¿Por qué no podíamos salir hoy mismo?

—Lord Lucien tiene muchos hombres patrullando la zona y pensé que sería mejor tener tiempo de sobra para llegar aquí. No quería que el bote se marchara al ver que no llegábamos —parecía contrariado por tener que admitir que su plan tenía un fallo—. Rosamund, deja de hacer preguntas. He previsto cualquier contratiempo. Ven, siéntate conmigo y caliéntate un poco con el fuego. Parece que el verano ha acabado definitivamente —esbozó una sonrisa triunfal—. Cuando llegue el invierno estaremos en climas más cálidos.

Rosamund tenía frío, sí, pero ningún fuego podría hacerla entrar en calor. Continuó caminando en círculo.

—No puedo estar tranquila.

—Rosamund, me duele que dudes de mí de ese modo —era increíble, pero parecía estar regañándola.

—Es que no comprendo por qué tenemos que quedarnos aquí siendo tan peligroso —aunque había algo que sí entendía. Para Davey era todo un triunfo estar allí tranquilamente, delante de las narices del enemigo; era la prueba de que había ideado un plan tan brillante que nadie podría adivinarlo a tiempo.

Sintió la tentación de recordarle la fábula de la tortuga y la liebre, pero Davey parecía haberse hartado.

—Está todo bajo control, ahora siéntate y no vuelvas a hablar de ello.

Al ver la arrogancia con que le hablaba supo que había cometido un terrible error al confiar en él. Y justo entonces oyó pisadas de caballo.

Davey se puso en pie de un salto.

—¿Quién viene? —le preguntó a ella en tono acusador, como si fuera culpa suya.

Como si ella supiera de quién se trataba.

Y así era.

Lo sabía. No habría sabido cómo explicarlo, pero podía sentir cómo se acercaba el vikingo a lomos de su magnífico caballo.

—Sólo oigo un caballo. ¿Tú también? —continuó diciendo ansiosamente—. Creo que se trata de un solo hombre, Rosamund. Quédate aquí.

La alegría desapareció de golpe. Completamente inmóvil, vio cómo Davey se adentraba en el bosque.

Se sobresaltó al oír el crujir de una rama.

Agravar surgió de entre la maleza como una aparición. Detuvo el caballo y desmontó de un salto. Se quedó de pie frente a ella, con las piernas abiertas y los brazos caídos. La miró fijamente con sus increíbles ojos azules.

Rosamund sintió una emoción agridulce que borró todos los pensamientos de su cabeza, todas sus preocupaciones.

Había creído que no volvería a verlo.

Echó a andar hacia él sin darse cuenta, pues sus piernas parecían moverse por voluntad propia. Olvidándose de Davey y de todo lo que la rodeaba, continuó avanzando. Tenía los ojos clavados en ella y eran salvajes, tan salvajes como lo que Rosamund sentía crecer en su interior y que ya no podía controlar.

Dieciséis

Agravar se sorprendió al ver que Rosamund se lanzaba a sus brazos.

Esperaba que echara a correr, que se enfadara y lo maldijera. Lo que no esperaba era encontrar aquella expresión de agonía en su rostro, como si hubiera estado esperándolo.

Dios, estaba viva.

Encajaba perfectamente con su cuerpo. Sus pechos delicados se amoldaban a su torso, sus caderas contra los muslos. La abrazó con más fuerza. Deseaba sentirla al máximo, poseerla, lo deseaba tan desesperadamente que el cuerpo entero le temblaba.

Le puso una mano en la cabeza mientras ella recostaba la mejilla en su hombro y le acarició el pelo. Su olor lo invadió como hacía siempre, embriagándolo como una droga y excitándolo. Levantó la mirada al cielo en busca de un poco de distancia de aquel efecto y respiró hondo.

Ella lo miró con curiosidad, le tomó el rostro entre las manos y lo observó. Tenía los ojos llenos de lágrimas.

—Lo siento —murmuró.

Y después lo besó.

Su boca era suave. Al principio Agravar estaba demasiado sorprendido como para responder a tan tímido acercamiento, pero entonces el deseo se apoderó de él y apretó su boca contra la de ella. Deslizó la lengua entre sus labios atrevidamente. Ahora era ella la sorprendida; seguramente ni siquiera supiera que dos personas podían besarse de un modo tan íntimo, pero cuando sus lenguas se encontraron, se derritió en sus brazos y respondió con una pasión que lo volvió loco.

Una parte de su cerebro que aún seguía consciente dio una señal de aviso. Algo dentro de sí le decía que resultaba muy extraño estar allí con Rosamund después de que ella hubiera huido y le pedía que buscara respuestas. Pero el deseo era demasiado intenso como para hacer caso de aquellas dudas y decidió dejarlas para más tarde. En aquel momento sólo podía dejarse llevar por la dulce sensación de tenerla al fin en sus brazos. No podía dejar de pensar que aquélla era Rosamund y era suya, al menos por un instante.

Sus bocas se separaron. Ella lo miró, confundida. Agravar le acarició la cara, secándole las lágrimas.

No comprendió por qué de pronto abrió los ojos de par en par, o por qué dio un paso atrás.

—¿Rosamund? —le preguntó extendiendo los brazos.

Pensó que el horror que veía en su rostro se debía a que se había dado cuenta de lo que acababan de hacer y se arrepentía de ello. Una vez más su comportamiento era impredecible e inexplicable. Pero entonces hizo algo que Agravar comprendió aún menos. Extendió ambas manos hacia él y gritó:

—¡No!

Estaba allí, perplejo y enfadado, cuando de pronto sintió un tremendo golpe en la cabeza. Primero notó el dolor, luego decepción. Y luego nada.

—¿Tenías que pegarle tan fuerte? —gritó Rosamund, arrodillada junto a Agravar.

—Por supuesto que sí, ¡es gigante! —Davey rodeó al vikingo con la rama aún en la mano por si despertaba.

Rosamund le dio media vuelta y le quitó el pelo de la cara. Estaba muy pálido. Le tocó la cabeza con mano temblorosa, ya tenía un enorme bulto en el lugar del impacto. Al retirar la mano vio que estaba manchada de sangre.

—¡Dios mío!

—No seas boba —espetó Davey—. No lo he matado, sólo está inconsciente y seguramente no estará así mucho tiempo. Trae la cuerda que hay en mi silla de montar; tenemos que atarlo antes de que despierte.

Rosamund lo miró con resentimiento y desconfianza.

—Vamos, ¿o es que quieres que te lleven de vuelta con lord Robert? ¿Qué crees que te hará cuando descubra lo que has intentado hacer? No creo que le haga mucha gracia que hayas intentado abandonarlo. Supongo que podrías suplicarle que te perdonara, pero mi muerte pesaría siempre en tu conciencia.

Con la boca seca y una terrible sensación de aturdimiento, Rosamund se puso en pie e hizo lo que le había pedido.

—Deja de llorar —le ordenó cuando volvió con la cuerda—. Ayúdame. Pesa demasiado.

Entre los dos consiguieron atarle los tobillos. Los brazos resultaron mucho más difíciles.

—Ten cuidado —le pidió Rosamund al ver el modo en que Davey lo movía por el suelo.

Davey le lanzó una mirada de desdén

—Ahora ayúdame a arrastrarlo hasta un lugar con más vegetación —le dijo cuando hubo terminado de atarlo.

—No podremos hacerlo, tú mismo has dicho que pesa demasiado.

—Tenemos que intentarlo.

Se pusieron uno a cada lado y tiraron del cuerpo con todas sus fuerzas. Rosamund no podía aguantar ver el rostro de Agravar arrastrándose por la tierra, pensó en la herida que tenía ya por culpa del golpe y temió que pudiera empeorar.

Sentía que lo había traicionado. Claro que lo había traicionado.

—Podemos dejarlo aquí —anunció por fin Davey—. Lo ataremos a este árbol.

—No —protestó Rosamund—. Entonces quedará completamente indefenso.

—¿Prefieres que lo tiremos al río? —le preguntó él en tono burlón.

Rosamund respiró hondo, harta de la imperiosidad de un hombre que se suponía debía estar a su servicio.

—Me horroriza tu falta de compasión, Davey. Yo no pretendía causar ningún mal a nadie y se suponía que era una de las condiciones del plan. No vamos a dejarlo aquí atado, los animales del bosque no tardarían en atacarlo.

—¿Entonces qué quieres hacer con él? ¿Acaso

quieres que lo llevemos con nosotros? —añadió irónicamente—. Seguro que eso te gustaría.

—Claro que no. Déjame pensar —se apartó de él sólo un poco para buscar una solución—. ¿No hemos visto unas ruinas cuando veníamos hacia aquí? Podríamos llevarlo allí, al menos le serviría de refugio.

—Estás loca. No podemos volver hacia Gastonbury.

Rosamund se puso las manos en las caderas y levantó bien la cara.

—No daré un paso más dejándolo aquí, Davey. No te olvides que soy tu señora y que soy yo la que da las órdenes. Si no lo llevamos a un lugar seguro, no seguiremos adelante.

—Rosamund, piensa en todo el tiempo que perderemos.

—Hace un momento me decías que teníamos tiempo de sobra, que no había prisa.

—Relativamente, sí... pero no podemos retrasarnos tanto.

—Entonces tendremos que darnos prisa en llegar a esas ruinas porque no voy a permitir que muera aquí.

Davey mostró los dientes en una fea mueca de rabia.

—¿Tanto deseas a este vikingo como para correr tal riesgo?

Rosamund respondió con voz fría.

—No permito que me hables así. Agárralo por ahí.

Finalmente hizo lo que le pedía, pero olvidándose de que era un ser humano lo que tenía en sus manos.

—Con cuidado, Davey, con mucho cuidado.

Lo primero que notó fue dolor. Un dolor intenso por todo el cuerpo. Después sintió una caricia.

Agravar abrió los ojos y se encontró con otros que lo miraban. Rosamund sonrió suavemente, pero la tristeza no desapareció de su rostro.

—Hola.

—¿Qué ha pasado? —preguntó frunciendo el ceño—. ¿Dónde estamos?

Ella apartó la mirada con gesto esquivo.

—Has recibido un golpe.

—¿Quién? —trató de incorporarse, pero varias cosas se lo impidieron. Principalmente el dolor, pero luego se dio cuenta de que tenía las manos y los pies atados.

Rosamund le puso la mano en el pecho suavemente para que volviera a tumbarse.

—Descansa, Agravar.

Miró a su alrededor. Se encontraban en unas ruinas, de una vieja iglesia quizá. Estaba todo lleno de piedras que se habían desprendido de las paredes y sobre las que ya había crecido la hierba.

—¿Dónde estamos? —repitió—. Rosamund, desátame.

—No puedo. Relájate, por favor. Te prometo que no va a pasarte nada.

—¡Me besaste! —recordó de pronto—. Después alguien me dio un golpe en la cabeza.

—Es horrible, lo sé.

—¿El beso?

—¡No! Que mi hombre te golpeara.

—El rufián del sombrero rojo. Estaba a tu servicio desde el principio, ¿no es cierto?

—Sí. Se llama Davey.

—¿Es cura? Me pareció ver una tonsura antes de perder el conocimiento.

—No. Se hacía pasar por fraile.

—Ya entiendo. Era con él con quien corrías a encontrarte todas esas veces. ¿Es tu amante?

—¡No!

Agravar encontró cierto alivio en su respuesta.

—Rosamund, es hora de que me des algunas respuestas —exigió sin demasiada fuerza.

—Tranquilo.

Volvió a ponerle la mano en el pecho y Agravar sintió que su cuerpo reaccionaba de inmediato. Cualquier cosa que hiciera aquella mujer le parecía erótica. Era bochornoso. Aquello era una verdadera agonía.

—Davey está ayudándome a escapar.

—¿Por qué necesitas escapar? ¿Escapar de qué?

—Me voy de Gastonbury... y de Inglaterra.

Apartó la mirada de él y la levantó hacia el cielo, quizá en busca de ayuda. O quizá buscara a Davey. ¿Dónde se había metido ese bellaco?

—Vas a odiarme cuando te lo cuente.

Agravar trató de acomodarse y, al mover la cabeza, sintió que se apoyaba sobre algo blando; Rosamund debía de haberle hecho una almohada con hojas. Le resultó conmovedor.

—Habla, Rosamund, acaba con mis dudas de una vez.

Se hizo un largo silencio.

—No quiero casarme con Robert. Eso ya lo sabes —comenzó por fin.

—Lo sé, pero no comprendo el motivo.

—Sé que es un buen hombre, pero... ¿cómo puedo explicártelo? No deseo pertenecer a ningún hombre. He visto cosas, Agravar, que han hecho que me dé miedo. Mi madre... —respiró hondo, sin duda para retomar fuerzas porque le temblaba la voz—. Empezaré desde el principio, quizá así puedas comprenderlo. Mi madre se casó con Cyrus de Hallscroft cuando yo tenía tres años. Mi padre había sido asesinado en la frontera de Escocia y nos vimos obligadas a volver a casa de la familia de mi madre. Mi abuelo arregló su segundo matrimonio sin conocer bien a Cyrus, aunque tampoco creo que eso hubiera cambiado nada. Años después de estar casada con él, mi madre consiguió escapar y llegar a casa de mi abuelo. Le contó que era muy desgraciada con Cyrus, pero mi abuelo la devolvió a Hallscroft y le dijo que el lugar de una mujer estaba junto a su marido, pasase lo que pasase.

Agravar deseó decirle algo que calmara su dolor, pero acalló el deseo y siguió escuchando.

—Ya conoces al padre Leon, pero él fue el menor de mis sufrimientos en Hallscroft. Cada día me contaban la historia del pecado de Eva, las funestas predicciones de Jezabel y de la puta de Babilonia. Me llenaron la cabeza de ideas que me distrajeran de lo que estaba ocurriendo.

—¿Qué?

—Basta decirte que el veneno del padre Leon al menos no era más que palabras...

Agravar sintió un escalofrío al imaginar lo que debía de haber sido su infancia rodeada de aquellos hombres.

—Rosamund, desátame.

Era evidente que deseaba hacerlo, pero negó con la cabeza varias veces hasta que Agravar no tuvo más remedio que rendirse.

—Está bien, entonces cuéntame el resto.

Se quedó callada durante tanto tiempo que Agravar creyó que lo había estropeado todo con sus exigencias, pero por fin volvió a hablar.

—Como te he dicho, el padre Leon no era lo peor. Lo peor era ver lo que le estaba ocurriendo a mi madre. Día tras día la vi marchitarse, Agravar. La crueldad de Cyrus no tenía fin. La trataba como a una prisionera... no, peor que eso; tenía menos independencia que los perros que se sientan a los pies de su amo. Él controlaba todos sus movimientos, no le permitía que saliera sola al patio y mi madre tenía que suplicar durante días para que le dejara salir a dar un paseo. Mi madre estaba a su servicio en todo momento y la menor infracción recibía un castigo brutal.

Respiró hondo, pero no lo miró ni un momento.

—Una vez, estando embarazada, le pidió permiso para salir del salón para usar el aseo, una necesidad frecuente en su estado. Cyrus estaba de mal humor y le dijo que esperara hasta que él hubiera terminado de cenar. Mi madre cada vez se encontraba peor y se echó a llorar, lo que hizo enfurecer a Cyrus. El tiempo pasaba y mi madre sufrió la humillación de... hacérselo allí cuando ya no aguantaba más. Él... fue la primera vez que la golpeó en público.

Le temblaba la barbilla, pero parpadeó varias veces para no llorar y continuó hablando sin apartar la mirada del vacío.

—La mató poco después de eso. A veces pienso que quizá aquella última humillación hizo que mi madre intentara rebelarse y él perdió el control por completo.

—Dios mío, Rosamund, es una verdadera pesadilla. ¿Nadie supo que la había matado él?

—Se dijo que había sido un accidente. Cyrus la tiró desde lo alto de la muralla, donde ella solía escapar para estar sola. Recuerdo cómo subía corriendo aquellas escaleras, ansiosa por llegar al único lugar donde encontraba un poco de paz. Me alegro que al menos sus últimos momentos los pasara allí.

—Rosamund, lo siento mucho —tiró de la cuerda que le inmovilizaba las manos. Necesitaba soltarse desesperadamente para poder abrazarla, pero no tenía fuerzas para hacerlo.

Entonces ella se secó las lágrimas y respiró hondo, recomponiéndose rápidamente.

—Como podrás entender, no quiero casarme jamás. No quiero estar con ningún hombre y vivir como vivió ella.

—Sin duda sabrás que no todos los hombres son como Cyrus.

—¿Cómo puede saberse eso? Nadie que conociera a nuestra familia habría sospechado lo que ocurría. Cyrus era muy astuto y siempre tenía una buena excusa para explicar las heridas de mi madre. Sus hombres lo admiraban.

—A eso era a lo que te referías cuando dijiste que eras una experta en el mal.

Rosamund asintió.

—Seguro que había hombres buenos en Hallscroft que habrían ayudado a tu madre de haberlo sabido.

—Puede ser que los hubiera, pero ninguno se paró a pensar por qué la esposa de su señor cojeaba a menudo o tenía moretones que trataba de ocultar a toda costa. No era asunto suyo, así que miraban a otro lado para no ver la injusticia que tenía lugar delante de sus narices. No, Agravar, en toda mi juventud, no conocí a ningún hombre bueno.

—Pero hubo alguien que te ayudó... ese Davey. ¿Quién es?

—El hijo de un campesino, era muy amigo de mi hermano Harold, que murió cuando yo tenía diez años. A menudo yo me escondía en la despensa y Harold y él venían a hacerme compañía. Davey siguió siendo mi amigo tras la muerte de mi hermano y siempre estuvo ahí para ayudarme. Muchas veces me encerraban en mi habitación para que reflexionara sobre mis acciones, entonces Davey escondía manuscritos bajo la bandeja de mi comida porque sabía que me gustaba leer. En varias ocasiones tuvo que mentir por mí. No sé qué habría hecho Cyrus si se hubiese enterado de que éramos amigos...

—¿Alguna vez te levantó la mano? —preguntó con un nudo en la garganta.

—Al margen de los azotes que recibe cualquier

niño, no —respondió para después respirar hondo y tratar de deshacerse de aquella terrible melancolía—. Cyrus estaba obsesionado con mi madre, la consideraba una posesión más. Yo no tenía ninguna importancia, sólo era una herramienta para él, una herramienta que utilizó para establecer una alianza con lord Robert. Aparte de eso, no creo que nunca pensara mucho en mí.

—Quizá fuera una bendición —Agravar se sentía débil, estaba perdiendo las fuerzas por mucho que se esforzara en mantenerse consciente.

Rosamund lo miró, el pelo le caía a ambos lados de la cara como una cortina que los separaba del resto del mundo. Sus dedos juguetearon con la túnica de Agravar en un gesto casi cariñoso.

—A menudo soñaba con matarlo. Ojalá lo hubiera hecho.

—No digas eso. Realmente no lo deseas.

—¿Cómo puedes saberlo?

—Ay, Rosamund, ¿nunca te has preguntado porque parece que haya un vínculo que nos une? Sé que tú también lo sientes. Estuvo ahí desde el principio. Es la atracción que sienten dos espíritus afines, dos almas gemelas que se comprenden.

—¿Cómo puedes entenderlo? ¿Cómo puedes saber lo que se siente cuando no hay esperanza?

—Claro que la hay. Sé que detestas la lástima, así que no voy a ofrecerte la mía. Sólo te digo que sé lo que es sentir ese peso en el alma. Lo sé, Rosamund. El sufrimiento que describes me destroza porque sé lo que es sentirlo.

—Entonces entenderás por qué debo marcharme. No puedo jurar obediencia a ningún hombre. Estaría dispuesta a pagar mi pecado en el purgatorio antes que sufrir la pena del matrimonio. No deseo a ningún hombre.

—A mí sí me deseas —afirmó con repentina claridad.

Rosamund se inclinó hacia delante, apoyó la frente en su pecho y se echó a llorar. Después se puso en pie y se alejó de él.

Agravar deseaba llamarla para que volviera a su lado, pero volvía a sentirse sin fuerzas. Sólo podía observarla, de pie, de espaldas a él.

La necesitaba.

Todo se oscureció a su alrededor y el dolor se hizo cada vez más intenso.

—Creo que voy a dormirme —dijo con una voz que le resultó lejana—. No sé qué me ha afectado más —se echó a reír—... tu beso o el golpe.

Su risa retumbó en las ruinas mientras él se sumergía en la oscuridad.

Diecisiete

Las palabras de Agravar resonaban en su cabeza, despertando su conciencia.

«A mí sí me deseas».

Sí, claro que lo deseaba, pero de qué le servía.

Lanzó un suspiro y miró hacia el bosque. ¿Dónde estaba Davey? Ya debería haber vuelto. Cuando Rosamund había insistido en quedarse allí hasta comprobar que Agravar estaba bien, él había acudido al lugar de la cita para dejar un mensaje en el que informaba al dueño del bote de que había habido un pequeño retraso. Se había marchado a media mañana y ahora el sol se acercaba ya a su cenit, por lo que calculaba que debían de ser las tres o las cuatro.

Miraba de vez en cuando a Agravar, que dormía bajo la manta con la que ella lo había arropado. No hacía frío, aun así le angustiaba verlo allí tumbado en el suelo.

Era tan hermoso. Con el rostro en completo reposo, sus rasgos eran sencillamente perfectos. A Rosamund se le partía el corazón con sólo mirarlo.

Después de un rato, se fue a un rincón de la ruina y se sentó a esperar a Davey.

Cuando volvió a despertar, Agravar se encontró en el mismo lugar y en la misma posición. Tenía una manta encima que le estaba dando un calor insoportable.

Levantó la mirada hacia las ruinas. Antes no se había fijado, pero parecían unas costillas que lo arropaban en la cavidad donde antes había habido un corazón.

¿Rosamund? ¿Dónde estaba? ¿Se había marchado?

No, allí estaba, sentada en donde habría estado el altar de la antigua iglesia.

—¿No te ibas de Inglaterra? —le preguntó con voz seca.

Levantó la mirada al oír su voz y acudió a su lado en un instante, con una piel llena de agua.

—Toma, bebe —le dijo.

Agravar obedeció y enseguida se sintió mejor. Seguía doliéndole la cabeza, pero pensaba con más claridad, aunque tenía los miembros entumecidos de no moverse y las cuerdas le hacían daño.

—¿Dónde está tu hombre? —le preguntó—. ¿Cuánto tiempo he dormido?

—Sólo unas horas. Davey ha ido río abajo. Teníamos que encontrarnos con alguien, pero como nos hemos retrasado ha ido a hablar con su amigo para... —se detuvo en seco, pensando quizá que no era buena idea darle demasiada información.

—Sólo era por curiosidad —dijo él con una sonrisa—. No estoy en condiciones de detenerte.

—No seré yo la que subestime al poderoso vikingo Agravar —respondió ella, a punto también de sonreír.

—Presupones en mí poderes que no tengo, te lo aseguro —movió las manos y de pronto comprobó que la cuerda se había aflojado lo suficiente para permitirle cambiar de posición. Pudo doblar los dedos y tocar el nudo.

—¿Te duele la cabeza? —le preguntó, al tiempo que le pasaba la mano por el cabello.

A pesar de que ya lo había tocado varias veces, Agravar volvió a sentir el mismo placer de la primera vez.

—Estoy bien —apartó la cara, pero no porque no le gustara, que le gustaba y mucho, pero aquello era más de lo que podía soportar—. ¿Adónde irás, Rosamund? —al ver que no respondía, Agravar se echó a reír—. No voy a ir en tu busca para traerte aquí de nuevo. Y menos en las condiciones en que me encuentro.

—Me voy de Inglaterra.

—Sí, eso ya lo has dicho —por fin encontró los extremos del nudo y comenzó a aflojarlo tratando de moverse—. Pero, ¿irás hacia el norte, o hacia el sur?

—Hacia el continente —dijo y después apretó los labios.

—No tienes por qué hacerlo.

—¿No? —lo miró como si pensara que era tonto—. ¿Qué alternativa me propones?

—Aquí tienes amigos, gente que puede ayudarte.

—Las personas suelen considerarse buenas, pero cuando llega el momento de la verdad, siempre encuentran excusas para no meterse en los asuntos de los demás.

—¿Crees que lady Veronica es así?

La preguntó la pilló desprevenida y, por supuesto, Agravar insistió.

—¿Y qué me dices de Alayna? La conozco desde hace tiempo y me ha demostrado ser tan valerosa como su madre. Ellas jamás te traicionarían, Rosamund. Acude a ellas y deja que te ayuden.

—¿Qué podrían hacer? No hay nada ilícito en

que Cyrus me haya prometido a Robert en matrimonio, ni siquiera hay nada inmoral. Cyrus puede hacer lo que se le antoje conmigo. ¿Acaso crees que se arrepentirá y me dejará libre? Puedo asegurarte que tal cosa no es posible —levantó el rostro dignamente y lo miró a los ojos—. ¿Quién podría detenerlo, Agravar?

—Yo lucharía por ti.

—No —dijo con voz tranquila—. Yo lucharé por mí misma. No quiero depender de nadie. Me iré a un lugar donde pueda vivir en paz y donde nadie vuelva a hacerme daño nunca más.

—¿Cómo podrás hacerlo si llevas dentro de ti el desasosiego?

—Eso es una tontería —replicó ella, pero era evidente que estaba desconcertada.

—¿Tú crees? Rosamund, a veces, incluso después de desaparecidos aquéllos que nos atormentaron, no podemos olvidar lo ocurrido.

Rosamund lo miró de un modo extraño. Justo en ese momento se oyeron unos pasos detrás de ella.

—Desátame, Rosamund. Déjame que te ayude. Te prometo que juntos encontraremos la solución. Davey no es más que un muchacho. Yo...

—¿Me ayudarás a escapar, Agravar? —lo desafió bruscamente.

—Escapar no es la solución. Te lo repito, lucharé por ti.

—Pero al final la ley estará en nuestra contra y perderemos. ¿Es que no te das cuenta de que la mía es la única salida?

Parecía tan sola y desesperada, allí de pie con la espalda rígida y el sol brillando a su espalda, iluminando su cabello de seda. Davey había vuelto. Se acercó a ella y le dijo algo al oído a lo que Rosamund respondió con amabilidad.

Davey lo miró con clara hostilidad. Agravar dejó de mover las manos y contuvo la respiración hasta comprobar que el muchacho no había descubierto lo que pretendía. Después de un momento, volvió a la labor de aflojar la cuerda.

Lo que le habían hecho a Agravar era horrible. Lo habían golpeado, arrastrado y abandonado en las ruinas y Rosamund se detestaba por todo ello. Sabía que se recuperaría; la herida había dejado de sangrar y parecía bastante despierto. Sin embargo seguía sintiendo un fuerte instinto de protección hacia él y tuvo que hacer un gran esfuerzo en dejarse llevar por dicho instinto y seguir las instrucciones de Davey.

Debían estar en el río en unas horas, casi el mismo tiempo que tardarían en llegar allí, por lo que debían marcharse.

Se arrodilló junto a Agravar y le dijo:

—Mandaré un mensaje a Gastonbury en el momento en que vayamos a zarpar y lord Lucien vendrá en tu busca.

Agravar negó con la cabeza.

—No debes arriesgarte. Lucien me encontrará de todos modos.

—Estás herido y necesitas que te atiendan pronto.

—Esto no es más que un rasguño. Tendrías que haber visto mi cabeza en alguna que otra batalla.

La sonrisa que apareció en su rostro sólo sirvió para hacerle parecer más atractivo y para que a Rosamund se le hiciera aún más difícil separarse de él.

—Siento mucho todos los problemas que te he ocasionado —le dijo sinceramente.

—Deberías sentirlo, sí —le dijo sonriendo aún más—. Que Dios te acompañe, Rosamund.

—¡Rosamund! —la llamó Davey con impaciencia—. Vamos.

Agravar enarcó una ceja, pero no dijo nada.

—Gracias —dijo ella.

—¿Por qué?

Por todo. Por todo lo que había hecho, por todo lo que le había dado. Por ser como era.

—¡Rosamund!

—Ahora mismo voy. No me grites, Davey —se volvió a mirarlo una vez más esperando encontrar cierto resentimiento en sus ojos, o quizá odio por todo lo que le había hecho y por cómo lo estaba dejando en aquel momento. Sin embargo, lo único que vio en su rostro fue tristeza—. Adiós, Agravar.

Se levantó y fue hasta Davey.

—No sé por qué tienes que correr tal riesgo —protestó el muchacho en cuanto le contó su plan.

—No digas nada más —le ordenó ella—. Enviaré el mensaje a Gastonbury o no me subiré a ese bote.

Davey parecía furioso, pero no dijo nada. Se montaron en los caballos y, estaban a punto de ponerse en marcha, cuando Davey volvió a hablar:

—Tengo que comprobar si hay alguna patrulla en la zona para que no nos sorprendan en el camino.

—¿Te espero aquí?

—No. Te acompañaré hasta la orilla del río, allí nadie podrá sorprenderte con el desfiladero a un lado y el río al otro. Tú podrás continuar hasta donde el río se cruza con el Trent y esperarme allí. Yo no tardaré mucho.

—Muy bien.

Se pusieron en camino. Rosamund no podía dejar de pensar en Agravar y de sentirse culpable. Enviaría el mensaje a Gastonbury, se prometió a sí misma. Davey le dijo que había un pueblo en la confluencia de los dos ríos. Allí encontraría a alguien.

«Lo prometo», se dijo a sí misma mientras se alejaba sin mirar atrás.

Dieciocho

El nudo estaba ya casi deshecho.

En el cielo el sol empezaba a hundirse en el horizonte. ¿Hasta dónde habrían llegado? Al menos había conseguido que Rosamund le dijera lo suficiente para saber que se dirigían río abajo.

La impaciencia hacía que moviera las manos cada vez con más fuerza contra la cuerda ensangrentada. Trató de calmarse un poco y volvió a empezar. El nudo se aflojó un poco más, pero no terminaba de ceder...

El ruido de unos pasos sobre las hojas secas le hizo detenerse para escuchar con atención, pues quienquiera que fuera parecía estar haciendo un esfuerzo por ocultar su llegada.

—¿Lucien? —preguntó sin obtener más respuesta que el silencio—. ¿Quién va? —insistió.

Davey apareció entre los muros de la ruina caminando con gesto arrogante y una espada corta en la mano.

Claro.

Agravar vio cómo el joven se acercaba y trató de liberarse a toda prisa, apretando los dientes para no sentir el dolor que le provocaba el roce de la cuerda.

—No te molestes en intentarlo —le dijo Davey con calma—. Até muy bien la cuerda.

«No tan bien como tú crees, pequeño engreído».

—¿Sabe Rosamund que estás aquí? —preguntó Agravar en tono relajado.

—Rosamund no sabe lo que le conviene —respondió Davey.

—No creo que le guste que le hayas desobedecido.

—Tú y yo somos hombres de mundo, ¿no es así, Agravar? Nosotros sabemos lo que hay que hacer.

—Tenía entendido que tú eras hijo de un campesino, no creo que eso sea un hombre de mundo —trataba de entretenerlo.

—Eso es lo que soy por nacimiento, pero soy un aventurero por vocación.

—¿Un aventurero capaz de luchar por Rosamund? —preguntó en el mismo tono fingidamente distendido—. ¿Estás enamorado de ella?

No era más que un chiquillo, pero en sus ojos había una astucia que lo hacía parecer mayor.

—No sé muy bien por qué mi señora siente tanta simpatía por ti, pero esos sentimientos serán su perdición. Es mi deber, como guardián suyo que soy, protegerla de todo peligro, incluso de aquellos que no quiere ver —añadió levantando la espada.

—Dejémonos de tonterías de guardianes. No es por ella por quien vas a matarme, sino por ti mismo, Davey. Ella me quiere y tú la quieres a ella.

Parecía que había metido el dedo en la llaga porque Davey dio un paso hacia delante con gesto impulsivo. Después se detuvo de nuevo y trató de controlarse.

—Es cierto que me has resultado bastante molesto. De no haber sido por ti, Rosamund y yo ya estaríamos en Italia. O en Francia, si ella lo hubiera deseado.

—Pero ella realmente no quiere marcharse contigo. Quiere quedarse y lo sabes. Quiere quedarse conmigo.

—Pero tú no puedes tenerla —replicó con una cruel sonrisa—. Si se queda, será con Robert. Vosotros, estúpidos nobles, le dais al compromiso la misma importancia que al matrimonio ya celebrado. Rosamund nunca podrá ser tuya.

«Tranquilo», se dijo Agravar a sí mismo.

—Eso es cierto —dijo con calma—. Pero tampoco será tuya jamás, amigo mío.

Había conseguido hacerle perder los nervios definitivamente, que era lo que pretendía. El muchacho puso toda su fuerza en el golpe, pero Agravar rodó a un lado. El problema era que, atado de pies y manos, no había conseguido librarse del todo. La espada se había hundido en su costado.

Davey se quedó mirando su espada manchada de sangre. Parecía horrorizado por lo que acababa de hacer, pero Agravar sabía que sólo disponía de unos segundos antes de que el muchacho recobrara la compostura y tratara de acabar lo que había empezado.

Olvidándose del dolor que sentía, Agravar se llevó las manos al costado y pasó la cuerda por el filo de la espada.

Por fin estaba libre.

No perdió el tiempo para golpear a Davey en la cabeza con ambas manos. Mientras se recuperaba de la sorpresa, Agravar se puso en pie, agarró la espada que tenía clavada y se la sacó con un grito de dolor. Después se desató el nudo que le inmovilizaba los tobillos.

Una patada en la barbilla lo lanzó de espaldas al suelo. Davey se lanzó por su espada, pero Agravar se movió lo bastante rápido como para golpearlo en el hombro. En los ojos del muchacho había ahora sorpresa e indignación, como si no pudiera creer que Agravar hubiera conseguido herirlo.

Pero también había miedo, pensó Agravar observando su mirada. Casi podía leer sus pensamientos; estaba solo frente al vikingo, que ahora estaba armado.

Davey se dio media vuelta y echó a correr.

Agravar sólo pudo dar unos pasos antes de que todo comenzara a darle vueltas y cayera de rodillas.

Imposible. Se miró la herida que le había hecho la espada. Había mucha sangre. El golpe debía de haber alcanzado algo importante. Quizá no fuera fatal. Al menos no de inmediato.

De pronto se quedó sin fuerzas y cayó de espaldas, con la vista clavada en los macabros arcos rotos tras los cuales el cielo estaba ya oscuro. ¿Dónde estaba la manta? Tenía mucho frío.

Rosamund llevaba toda la vida soñando con ser libre para marcharse de Inglaterra. Jamás pensó que sentiría la menor tristeza. Pero claro, jamás había imaginado que conocería a un hombre como Agravar.

Mejor no pensar en ello, se dijo a sí misma.

Davey había llegado hacía unos minutos y desde entonces sólo había dicho que no había nadie en los alrededores y que el bote llegaría enseguida. Era extraño porque era un muchacho muy hablador.

Quedaba ya muy poca luz en el cielo. Rosamund

lo siguió con la mirada mientras él paseaba junto al río.

—¿Crees que vendrán si se hace muy tarde? —le preguntó.

—Di órdenes de que vinieran por nosotros por la mañana si no conseguían llegar hoy.

—Entonces quizá deberíamos prepararnos para pasar aquí la noche.

Davey asintió.

—Trae la manta de tu caballo, te protegerá de la humedad del suelo.

Rosamund no le dijo que se la había dado a Agravar. Simplemente se alejó y se sentó sobre el musgo. De pronto recordó un día no muy lejano en que se había sentado sobre un lecho de musgo, junto a Agravar.

Cerró los ojos con la esperanza de poder dormir.

La oscuridad se hizo absoluta y el sueño llegó, sí, pero estaba plagado de imágenes aterradoras. Cuando despertó, fue junto al río a esperar al bote. Tardó casi una hora en divisarlo a lo lejos.

Fue a despertar a Davey para avisarlo. Lo zarandeó varias veces y volvió junto al río. Fue entonces cuando sintió que tenía las manos pegajosas. Bajó la mirada. Era sangre.

Sangre. ¿De dónde había salido?

Se volvió a mirar a Davey y vio que tenía la mano puesta en el hombro.

—¿Estás herido? —preguntó acercándose a él—. ¿Qué te ha pasado?

Rosamund se quedó helada. Su mirada se lo dijo todo, adivinó la culpa en sus ojos. De nada sirvió que le dijera que se había caído del caballo.

—¿Dónde está tu espada? —le preguntó al verlo levantarse y darse cuenta de que no la llevaba.

—Pues... he debido de perderla.

—¿Qué has hecho, Davey? —le dijo con voz profunda y quebrada por el espanto—. Dios mío, Davey, dime qué has hecho —empezó a sollozar con pavor—. ¿Lo has matado?

—¿Y qué hay de mí? —replicó—. Mira lo que me hizo él. ¿Es que ni siquiera te importa?

—¡Lo has matado! ¡Dios mío! —echó a correr hacia los caballos.

Él fue tras ella.

—Lo hice por ti. Había conseguido desatarse y venía por nosotros; no nos habría dejado marchar, Rosamund.

—¡No vuelvas a llamarme así! —gritó mientras llevaba su caballo junto a una roca para poder montar—. No vuelvas a llamarme por mi nombre. Soy tu señora y no debes olvidarlo, Davey. Aparta de mi camino y no te atrevas a tocarme.

—¿Adónde vas? ¡Estás loca... el bote está aquí ya!

—Voy a buscarlo.

—¡No! ¡Rosamund! No te vayas —estaba furioso—. Si te llevan de nuevo a Gastonbury, no te ayudaré. ¿Así es como me pagas todo lo que he hecho por ti? Te prometo que si te vas, no volveré a arriesgarme por ti. Te lo prometo.

Rosamund lo miró fijamente a los ojos.

—Retén el bote. Si está... —tragó saliva—. Si está muerto, volveré, pero si está vivo, haré todo lo que pueda para salvarlo. Retén el bote todo cuanto puedas.

Si tenía intención de seguir protestando, Rosamund no le dio oportunidad de hacerlo. En unos segundos, galopaba hacia las ruinas de la iglesia.

Diecinueve

La risa de Agravar retumbó entre los muros de la iglesia. La situación no tenía nada de divertido y sin embargo salió de su boca hasta que descubrió con horror que tenía los ojos llenos de lágrimas.

Se sentía raro. Estaba despierto, pero apenas podía sentir su propio cuerpo. Tenía la sensación de estar flotando. Debía de ser culpa de la fiebre y de la cantidad de sangre que había perdido. No tenía buena pinta.

Rosamund.

Su destino era estar juntos. Lo había sentido desde el principio. Formaban parte el uno del otro. Pero había tenido la mala fortuna de descubrirlo en extrañas condiciones. Era absurdo.

En la tenue luz de la mañana las sombras se movían a su alrededor, o quizá fuera todo producto de su imaginación. Tenía la sensación de poder flotar y al mismo tiempo los brazos y las piernas le pesaban demasiado como para poder moverlos.

—¿Madre? —dijo al ver una figura que tomaba forma frente a él.

No obtuvo respuesta. Pasó por su lado sin mirarlo. Mejor, no le habría gustado ver el odio en sus ojos, un odio que siempre había estado allí.

Todo aquello era muy confuso. Cerró los ojos y trató de dormir. Un sueño se apoderó de él como un búho que hubiera agarrado a un indefenso ratón de campo. Estaba en la casa de su padre. Los hombres bebían, reían y coreaban canciones subidas de tono. Lucien estaba también allí; acababan de volver del campo de batalla y estaban celebrando la victoria. Lucien era uno de los esclavos de su padre y vivía bajo el yugo de su infinita crueldad.

Lucien lo miró por encima de su jarra de cerveza. En sus ojos había un claro mensaje que Agravar entendió de inmediato.

Esa noche matarían a Hendron.

Lucien hizo la señal convenida y se puso en pie. Agravar lo siguió hasta el señor del castillo, que tenía los ojos y la nariz rojos después de muchas noches como aquélla.

—Padre —dijo Agravar.

Hendron lo miró con la frialdad de siempre. Junto a él había una mujer que no quitaba los ojos de su señor y amante. Se tomaba muy en serio su papel de querida del jefe vikingo. Agravar entendió por qué al ver el enorme rubí que brillaba entre sus pechos generosos.

Lucien la echó a un lado, momento que Agravar aprovechó para ponerle un brazo bajo el cuello a su padre. Indefenso, abrió los ojos de par en par al ver de cerca el filo de la espada de Lucien apuntándole al corazón.

A su espalda, la algarabía cesó de pronto haciéndose el silencio en el salón. Las palabras de Lucien se oyeron con claridad.

—Devuélveme la libertad.

Hendron miró la espada, después a Lucien y finalmente a su hijo.

—Haré que os despellejen vivos a los dos por vuestra insolencia. Me suplicaréis que os mate.

Nadie se movía. Los hombres de Hendron observaban con interés, pero ninguno de ellos hizo la menor protesta.

—Suéltame y vivirás —insistió Lucien.

—Adelante, mátame. Aunque sé que no lo harás porque no tienes las agallas suficientes. Todos los ingleses sois iguales; como cerditos esperando que el lobo os devore. Y yo soy el lobo.

Lucien sumergió su espada en la garganta de

Hendron ante la mirada de Agravar, que inmediatamente se volvió para defender a su amigo de los hombres que llenaban el salón.

Algunos lucharon, pero más por deseo de hacerse con el liderazgo que por amor a su señor. Agravar se resbaló y cayó en el charco que había formado la sangre de su padre. Después siguió luchando junto a Lucien hasta acabar con todos aquellos que se oponían a ellos.

Lucien era libre, pero él no. Agravar nunca quedaría libre del delito cometido por su padre. Él era ese delito.

Hendron estaba muerto, pero nada había cambiado.

Agravar estaba confundido. ¿Estaba volviendo a ocurrir todo de nuevo? Podía verlo, olerlo, pero al mismo tiempo sabía que aquello había sucedido hacía ya mucho tiempo. ¿Por qué entonces parecía tan real?

Abrió los ojos, huyendo del sueño. O del recuerdo. Volvió a ver a su madre y sintió dolor. Pero no podía ser su madre porque estaba agachándose junto a él y su madre nunca lo había mirado siquiera. Y menos de ese modo. Cerró los ojos y se dio media vuelta.

Recibió la visita de otros espíritus. Alayna, Veronica, Will, Lucien, Robert e incluso Davey. Les pidió ayuda. Les suplicó.

Volvió a soñar, esa vez vio a Rosamund junto a

él, tocándole la frente y murmurando suaves palabras a su oído; estaba tan cerca que podía sentir su respiración. Abrió los ojos con miedo, pues sabía que lo que veía no era real, sólo era un recuerdo.

Y sin embargo estaba allí. Había luz a su alrededor, una luz que caía sobre su cabello dorado; parecía un ángel. Quizá estaba muerto. Sintió rabia, pues no quería morir.

Entonces ella se inclinó sobre él y le dio un beso en la frente.

—Estoy aquí. No temas. Yo te cuidaré. Descansa tranquilo, Agravar, yo estoy contigo.

Volvió a reír, pero esa vez sin ironía ni arrepentimiento. El contacto de sus brazos rodeándolo lo llenó de felicidad.

Si estaba soñando, era un sueño maravilloso del que no le importaba no despertar.

Su primera preocupación fue la fiebre. Por los conocimientos que tenía, sabía el modo de tratar las altas temperaturas, así que le quitó toda la ropa, desde la túnica a las botas, e incluso la ropa interior. Intentó no pensar en las formas perfectas de su cuerpo. Después corrió al río y empapó su manto para pasárselo por el cuerpo una y otra vez. Cuando el manto se secaba, volvía al río y lo mojaba de nuevo.

Así estuvo hasta mediodía, momento en que

Agravar empezó a tiritar y Rosamund lo arropó con la manta. Entonces levantó la mirada hacia ella.

—Lo siento —dijo con lágrimas en los ojos.

—Tranquilo, Agravar.

—Mamá, por favor...

Lo tumbó en el suelo y cuando se aseguró de que estaba dormido, examinó las heridas de las muñecas y del costado. Esa última estaba infectándose. Tenía que abrírsela y cauterizarla. Si hubiera podido llevarlo a Gastonbury, lo habría hecho aunque eso significase entregarse, pero no había modo de subirlo al caballo. Iba a tener que hacerlo allí mismo. La fiebre no bajaba y, si no hacía algo rápido, moriría.

Sacó la daga que Agravar llevaba siempre en el cinturón. Necesitaba hacer fuego para calentar el acero, así que buscó la madera necesaria y dos piedras para encender la primera chispa.

Le temblaban las manos, pero pronto consiguió formar una humilde hoguera.

Se volvió hacia Agravar cuchillo en mano y, después de respirar hondo un par de veces, acercó el filo de la daga a la herida.

—Perdóname —susurró.

Después cerró los ojos y cortó.

Agravar lanzó una especie de rugido de dolor, un dolor que lo sacó de su aletargamiento y le hizo sentarse de golpe. Rosamund pensó que quizá debería haberle atado las manos, pues en el estado en el que se encontraba, podría matarla sin siquiera darse cuenta de lo que hacía.

El brusco movimiento ayudó a que se abriera la herida. Empezó a manar sangre fresca, lo cual era buena señal. Volvió a tumbarlo susurrándole palabras de consuelo al oído. Volvió a quedarse dormido con el cuerpo empapado en sudor.

Esa vez utilizó el manto mojado para limpiarle bien la herida, tras lo cual puso la daga sobre el fuego y calentó el acero hasta ponerlo al rojo vivo.

Tenía que concentrarse para que lo que estaba a punto de hacer sirviera de algo. Respiró hondo varias veces y finalmente, con un grito ahogado, presionó el acerco contra la herida. El grito de Agravar se unió al suyo, pero no se revolvió contra ella; era como si de algún modo supiera que lo que le estaba haciendo estaba bien. Las lágrimas le caían por la cara mientras contaba hasta cinco, aunque en realidad no sabía si sería suficiente tiempo, o quizá demasiado.

El olor era terrible. Salió corriendo hacia el río para vomitar y vomitar hasta que le dolió todo el cuerpo. Después volvió a su lado, le tapó la herida con mucho cuidado, se tumbó junto a su cuerpo desnudo y aún caliente y lloró.

La fiebre parecía haber remitido.
Tenía mucha hambre, lo que le hizo pensar que

Agravar también necesitaba comer y allí no había nada que darle. Pensó en cazar algún animal, pero enseguida descartó la idea, pues lo cierto era que no tenía la menor idea de cómo cazar. La única solución era buscar ayuda.

Le puso la mano en la frente. Sí, no había duda de que le había bajado la fiebre. La herida tenía buen aspecto.

—No se te ocurra despertarte mientras yo no estoy —le susurró.

Agravar siguió respirando rítmicamente, lo cual le dio la tranquilidad necesaria para alejarse de él y adentrarse en el bosque.

Volvió unas horas más tarde con una cacerola, una piedra de sílex, unas manzanas secas y un poco de carne. Comprobó que Agravar seguía plácidamente dormido y se dispuso a cocinar un caldo de la única manera que se le ocurrió, pero sin saber si era la correcta. No tenía nada más, así que haría todo lo que estuviese en su mano.

Después de un rato la carne estuvo lo bastante blanda para dársela en pequeños trocitos entre trago y trago de caldo. Desde luego el resultado no fue el que ella habría esperado, pero al menos pudo alimentarlo y eso hizo que se sintiera mejor. Se le pasó por la cabeza que siempre era mejor la acción que la pasividad, aunque dicha acción sirviera tan sólo para mejorar las condiciones mínimamente. En una situación como la que estaban, eso ya era mucho.

Cuando el sol empezaba a caer de nuevo, Rosamund se tumbó junto a Agravar y le acarició el pelo mientras le decía al oído que todo iba a salir bien. Seguramente no la oyera, pero siguió haciéndolo de todos modos, pues también a ella le hacía bien oír palabras de ánimo.

Se preguntó qué pensarían los ocupantes de la casa en la que había entrado cuando descubrieran que alguien les había robado. Seguramente la sorpresa fuera mayor que el enfado. No les había quitado mucho, sólo lo estrictamente necesario para sobrevivir unos días. Había dejado cosas mucho más valiosas. Sin duda pensarían que se trataba de un ladrón muy extraño.

Se acurrucó junto a Agravar con satisfacción y optimismo y estuvo así un rato, hasta que la oscura incertidumbre volvió a apoderarse de ella con sus frías garras.

Veinte

Oyó un llanto de mujer.

Agravar abrió los ojos y miró al cielo. Era de día. Parpadeó varias veces antes de poder fijarse en los muros medio derruidos. ¿Dónde estaba?

El llanto procedía de muy cerca, justo al lado de él.

¿Madre? Había visto llorar a su madre antes, tapándose la cara para que nadie la viera. Nunca le decía nada, igual que nunca le había acariciado. ¿Era posible que fuera su madre aquélla que lloraba y lo acariciaba?

Llevó la mano hasta el rostro que descansaba sobre su pecho y le retiró un mechón de pelo. Era suave y de un color dorado.

—Rosamund —susurró.

Ella levantó la cara y sonrió.

—Agravar —dijo riéndose—. Gracias a Dios.

Agravar la miró, maravillado. Era ella. Le puso la mano en la nuca y la atrajo hacia sí para poder besarla. Ella hizo un ruido que debió de ser de satisfacción porque también lo besó.

Se movió un poco para que ella pudiera tumbarse a su lado. Un dolor agudo en el costado le advirtió que debía tener cuidado, pero no hizo caso. No era nada. Deslizó la mano por su espalda, hasta la curva de su cadera. Cuando sus bocas se separaron, ella se acurrucó en su pecho.

—Estoy soñando —susurró Agravar.

—No, no es un sueño —dijo ella—. No puede serlo. Mis sueños nunca son tan maravillosos.

—Tienes razón. Entonces debo de estar despierto, lo que quiere decir que eres real y eso es aún mejor.

—Gracias a Dios que estás bien. ¿Sabes que se me habría roto el corazón si te hubiese pasado algo?

—No lo sabía. Pensé que a lo mejor te alegrabas de librarte de mí.

—Eso jamás —dijo con ímpetu y acompañando sus palabras con un beso—. Te amo, horrible vikingo —sus labios le rozaron la mejilla, cubriéndola de pequeños besos—. Me has vigilado a cada paso, me has seguido e interrogado hasta hacerme desear verte caer en aceite hirviendo.

—Es la declaración de amor más extraña que he oído.

—Puede ser. Pero es todo cierto.

—Lo sé. Lo hice porque me cautivaste en el mismo instante en que me apuntaste con mi espada rota. No podía dejar de pensar en ti. Así si uno de los dos ha tenido que soportar al otro, he sido yo a ti.

—¿Tú? De eso nada.

—No podía pensar en otra cosa que no fueras tú. No finjas que no lo sabías.

—¡Te prometo que no sabía nada!

—Mentirosa —murmuró acariciándole el cuello y deleitándose en el brillo de sus ojos.

—Menudo caballero eres, primero me besas y luego me insultas.

—Aprendo de ti; tú me besas y luego me das un golpe en la cabeza.

—¡No fui yo!

—No, fue tu hombre, que es más o menos lo mismo. ¿Dónde está, por cierto?

—Lo dejé junto al río.

Al oír aquello la miró con repentina seriedad.

—Has perdido el barco.

—Volví a... —se encogió de hombros—. Yo tuve la culpa de lo que hizo Davey. Tenía que volver. Si hubieras muerto, creo que me habría vuelto loca.

—Lucien me encontrará —aseguró Agravar—.

De hecho, me extraña que no lo haya hecho ya. Me preguntó qué lo habrá entretenido; debería haberse preocupado al ver que no me reunía con ellos.

—No me preocupa el señor de Gastonbury, ni el de Berendsfore. El único hombre que me interesa es el que tengo ahora mismo delante.

—No pensé que jamás oyera a una mujer decirme eso, y mucho menos a ti —le dijo un beso en el cuello—. Aunque lo deseaba.

—¿Entonces me amas?

—¿Es que aún no te has dado cuenta?

—No —se echó a reír al sentir el roce de su lengua en la oreja—. Nunca has llegado a decirlo.

Agravar dejó de besarla y la miró fijamente.

—Te amo, Rosamund —le dijo con total seriedad—. Te amo con todo mi corazón, te amo hasta la locura.

Rosamund sonrió con verdadero placer.

—Tienes una lengua muy habilidosa cuando te lo propones.

—¿Sí? Qué curioso, nunca me lo habían dicho. Permíteme que te demuestre en qué otros menesteres es habilidosa.

Le tomó el rostro entre las manos y la besó. Ella le echó los brazos alrededor del cuello, momento que Agravar aprovechó para abandonar sus labios y recorrer su cuello con la boca, lentamente, desde el hueco que tenía detrás de la oreja hasta la clavícula.

Después volvió a subir marcando el camino con la punta de lengua.

La miró a los ojos y vio que estaban encendidos de deseo.

—Soy tuya, Agravar —prometió con solemnidad—. Cada parte de mí te pertenece. Ni siquiera alcanzo a entenderlo, pero me parece que es algo que no atiende a la lógica. Sólo sé que eres parte de mí y que lo eras incluso antes de conocernos.

Lo besó suavemente, después con más pasión y después otra vez con suavidad, como si la ternura y la pasión que sentía se mezclasen a partes iguales dentro de ella.

—¿Te parece exagerado? —preguntó con una inseguridad que hizo que le temblara la voz—. ¿Te parezco muy dramática, o, peor aún, una histérica?

—No, Rosamund. Mi amor, no tienes idea de lo que significa para mí oírte decir esas cosas —sonrió y ella le dio un beso en la palma de la mano—. Jamás pensé que tendría la suerte de que alguien me dijera algo así. Rosamund, llevo toda la vida esperando una caricia... —bajó la cabeza y dejó de hablar—. No importa.

—Claro que importa. Dímelo, por favor.

—No es momento para ese tipo de reflexiones, no ahora que te tengo en mis brazos. Es un milagro, por eso no quiero pensar en el pasado. Sólo quiero vivir este instante y no dejar que el pasado ni el futuro nos atormenten. Eres mía, ahora eso es más que suficiente.

—Sí, soy tuya y lo seré siempre —lo miró con los ojos muy abiertos y llenos de emoción—. Te lo prometo.

—Y yo soy y seré tuyo para siempre, Rosamund —respondió él antes de besarla con pasión descontrolada.

La deseaba tanto que todo su cuerpo temblaba de la tensión que suponía no dejarse llevar por las ansias de tocar su piel, las deliciosas curvas que se escondían bajo sus ropas. Pero no iba a deshonrarla. Por muy fuerte que ardiera el deseo dentro de su pecho y en otras partes de su cuerpo, no iba a dejarse llevar por la pasión.

—Ven aquí —le dijo y la colocó contra su pecho, como la había encontrado al despertar y sonrió al oírla suspirar con satisfacción.

—¿Te encuentras bien? —le preguntó un segundo después, mientras acariciaba las costuras de su camisa.

—¿Parezco enfermo? —respondió él riéndose, sin decirle que aquellas caricias estaban poniendo a prueba su control.

—Lo digo por la herida.

¿La herida? Podrían haberle cortado la pierna y ni se habría enterado. Había otras sensaciones corporales que lo tenían muy ocupado.

—No me duele.

—De todos modos, tienes que tener cuidado —le advirtió—. No pienso permitir que recaigas. Estabas en muy malas condiciones cuando llegué. Dios, me dan escalofríos sólo de pensarlo. Fue horrible.

Agravar se echó a reír con una ternura que se unía a la excitación.

—Me gusta que te preocupes por mí. Podría ablandarme, si lo permitiera.

—No me lo creo.

Agravar trató de pensar en cualquier cosa que no fuera lo que sentía cada vez con más intensidad en la entrepierna. Cualquier cosa. Cada movimiento de sus manos, por inocente que fuera, desataba un sinfín de reacciones dentro de él.

Rosamund no sabía lo que estaba haciendo. Aún era doncella y no podía saber el efecto que tenían en él aquellas caricias.

Entonces movió la pierna para ajustarse a él y le rozó la entrepierna con el muslo.

Lo miró con los ojos abiertos de par en par.

—Rosamund —dijo él con suspiro—, tienes que entender que para un hombre... estar tan cerca de la mujer que ama... Es una reacción natural, pero yo jamás...

—¿Tu cuerpo... está así por mí?

Agravar asintió, sorprendido por su curiosidad.

—Yo también siento algo dentro, Agravar, no sé

cómo explicarlo. Sólo sé que tiene que ver contigo, sólo contigo.

—Creo que no deberíamos hablar de eso —murmuró, sin apenas fuerza.

—Pero yo quiero saberlo, Agravar —dijo en tono de súplica—. Cuando me tocas, siento una especie de... necesidad —frunció el ceño, como si le frustrara no encontrar el modo de describirlo—. ¿Es eso lo que sientes tú?

—Rosamund, por favor —la agarró de los brazos suavemente y la echó a un lado para ponerse en pie.

Ella siguió sentada en el suelo. Parecía tan joven e inocente que resultaba hasta doloroso mirarla.

—¿Hay comida? —preguntó con voz áspera—. Me muero de hambre.

Rosamund lo miró con expresión contrariada, antes de responder, al tiempo que se ponía en pie.

—Yo te lo traeré.

Agravar se sintió culpable, pero sabía que no podía hacer otra cosa.

—Ten cuidado no se te abra la herida —le dijo ella poco después, al ver que se movía con normalidad.

«Ay, Rosamund».

—He tenido heridas mucho peores que ésta.

—Claro.

Pero era cierto que debía tener cuidado. La herida aún estaba muy reciente; de hecho, dudaba que pudiera montar. Aunque si se hubiera tratado de hacerle el amor a Rosamund, ni se lo habría pensado.

Apartó la idea de su mente tan rápido como pudo.

—¿De dónde has sacado todo esto?

Pero ella seguía ofendida y se negaba a mirarlo.

—Lo robé de la casa de un campesino.

—Esperemos que no salga en busca del ladrón —respondió sin ocultar lo impresionado que estaba.

—¿Te habría parecido mejor que muriéramos de hambre aquí? —replicó ella con rabia—. Parece que nada de lo que hago te parece bien.

Estaba enfadada, pensó Agravar y sonrió como un tonto. Se lo tenía bien merecido y aun así le gustaba. Era tan... normal. Alayna y Lucien se habían peleado desde el mismo momento que se habían conocido, por eso Agravar pensó que aquella pequeña riña con Rosamund confirmaba que lo que ambos sentían era real.

Era evidente que Rosamund esperaba que se acercara a ella para hacer las paces; sólo se había alejado un par de pasos y, para confirmárselo, lo miró de reojo sólo un instante. La había ofendido al tratar de protegerla, había sido muy torpe. No comprendía lo que sus palabras podían provocar en él, en cualquier hombre.

«Cuando me tocas, siento una especie de... necesidad».

Pobre muchacha virgen e inexperta. No tenía la menor idea de lo que aquellas palabras invitaban a hacer. Agravar jamás podría aprovecharse de ella, iba en contra de todo lo que se preciaba de ser.

A diferencia de su padre, él no se aprovechaba de los débiles y vulnerables.

Con un suspiro, decidió que tendría que compensárselo lo mejor que pudiera.

Veintiuno

Lo oyó acercarse por detrás.

—¿Rosamund? —le dijo suavemente—. No pretendía hacerte enfadar.

—No tiene importancia —respondió levantando un hombro despreocupadamente—. Soy yo la que debería disculparse. Es evidente que... me he equivocado. Te agradecería que no volvieras a mencionarlo.

—No, preciosa, tú no has hecho nada malo —le puso las manos en los brazos—. Lo que ocurre es que... como doncella, es lógico que no te des cuenta de ciertas cosas...

—Déjame, por favor. Si no me deseas, lo aceptaré

sin rechistar —habló con valentía, pero tenía miedo de echarse a llorar en cualquier momento.

—Por el amor de Dios, ¿es eso lo que crees? —le dio media vuelta, pero se negaba a mirarlo a los ojos, así que le subió la barbilla suavemente hasta que por fin levantó las pestañas—. Te amo y puedes estar seguro de que el deseo que siento por ti es tan fuerte que me está llevando al borde de la locura. Pero Rosamund, eres doncella y no sabes lo que eso significa.

—¿Sabes una cosa? —le preguntó ladeando la cabeza con tal dulzura, que Agravar jamás habría imaginado lo que estaba a punto de decirle—. Estoy harta de que pienses por mí. Puede que sea doncella, pero no soy estúpida.

—No puedes hablar en serio —dijo, anonadado—. Dejarse llevar por un impulso...

—¡Calla ya!

Agravar cerró la boca sin salir de su asombro.

—Yo te quiero y tú me quieres a mí —siguió diciendo ella—. Pero los dos sabemos que no tendremos nada el uno del otro. Sin embargo ahora tenemos este instante.

No podía mirarla a los ojos. Ella intentó zafarse de él, pero al hacerlo, sus pechos se rozaron contra él. Oyó cómo se le cortaba la respiración por un segundo.

Se dio media vuelta entre sus brazos y se pegó contra su cuerpo.

—Rosamund, no tengo nada que ofrecerte —dijo con voz ahogada, sin apartar las manos de sus hombros, como si fuera a alejarla, pero no lo hizo—. No es la falta de deseo lo que me impide acercarme a ti.

—¿Por qué te empeñas en protegerme de algo de lo que no quiero que me protejas?

Agravar negó con la cabeza.

—¿Te has parado a pensar en las consecuencias de ir más allá del deseo? ¿Qué dirá tu marido si descubre que no llegas virgen al lecho nupcial? —la expresión de su rostro se endureció un ápice—. ¿Y si te quedaras embarazada? Sería una desgracia para ti. Y el bebé... lo odiarías toda tu vida y yo no tendría derecho a verlo. Eso me mataría.

—¿Cómo podría no amar algo tuyo? Para mí sería un tesoro, una parte de ti que siempre estaría conmigo. No habría niño en el mundo más querido y más deseado.

—Sería tu ruina —insistió, incapaz de creer lo que ella decía—. Tu reputación quedaría arruinada para siempre.

—Cuando era niña, me trataban como la criatura más vil de la creación. Era mujer y por tanto, maligna desde el mismo momento de mi nacimiento. Me hablaron de Eva y de todas las prostitutas del Antiguo Testamento y me dijeron que no era mejor que ninguna de ellas.

—No hables de ello —le pidió él.

—Sí, voy a hablar de ello y tú vas a escucharme aunque te duela oírlo, porque todo eso es parte de mí, de la mujer a la que dices amar.

—Dios mío, he liberado un monstruo. Adelante, habla.

—Dijera lo que dijera e hiciera lo que hiciera, siempre me decían que era mala y me castigaban por ello. ¿Sabes lo que pienso ahora, Agravar? Que fue una lástima no disfrutar de los pecados si de todos modos iba a pagar por ellos. Los castigos habrían sido más llevaderos sabiendo que había merecido la pena. Si por dejar de ser casta y seguir el dictado de mi corazón me condeno a vivir un futuro tan negro como mi pasado, no será tan duro porque al fin habré hecho algo que merecía la pena.

Lo miró fijamente. Ni rastro de la joven tímida y rechazada; ahora brillaba con luz propia, sin miedo. Vio la admiración en los ojos de Agravar y al mismo tiempo se dio cuenta de algo increíble, también ella se admiraba a sí misma.

—No temo la ira de mi esposo, ni la desaprobación de los demás. Creo que ya no temo a nada. Gracias a ti, soy fuerte —declaró firmemente.

—Pero si yo no te he dado nada —dijo él con emoción.

—Me lo has dado todo. Tengo que recuperar mucho tiempo perdido. Ya basta de esconderse y de tener miedo. No voy a suplicarte, Agravar, pero debes saber que no necesito que me protejas más.

Agravar la estrechó en sus brazos y la besó hasta que apenas pudo respirar.

—Ten cuidado no te conviertas en una tirana —le advirtió—. Puede que descubras que salirte con la tuya resulta muy atractivo.

—Ya empiezo a darme cuenta.

—Eres increíble, ¿lo sabías?

Rosamund le echó los brazos al cuello y sonrió.

—Voy a asegurarme de demostrarte lo increíble que puedo llegar a ser.

No tenía respuesta para eso, sólo una sonrisa. Pero enseguida se puso serio y le dijo:

—Sabes que nunca te haría ningún daño, ¿verdad?

—Sí, lo sé.

—Voy a preguntártelo una última vez... ¿estás segura, Rosamund? Después no habrá vuelta atrás.

—Quiero que me ames, Agravar. Quiero pertenecerte en cuerpo y alma.

—Entonces ven conmigo, mi bella Rosamund —le dijo tomándola de la mano para llevarla al lugar donde ella le había hecho una cama con la manta y un colchón de hojas—. Acuéstate conmigo —le pidió, al tiempo que tiraba suavemente de ella para tumbarla a su lado.

Veintidós

Rosamund estaba temblando, pero se debía a la impaciencia, no a las dudas. Agravar tenía las manos grandes y fuertes; una le sujetaba la cabeza mientras la otra descansaba en su cadera.

—¿Qué hago? —preguntó ella.

Tenía los ojos clavados en sus labios.

—Dame tu boca —susurró sólo un instante antes de inclinarse sobre ella para hacerse con el premio.

Rosamund abrió la boca para dejar paso a su lengua. Le gustaba esa nueva forma de besar. Jamás había imaginado que un hombre pudiera invadirla de ese modo tan delicioso. Respondió, al principio tímidamente y luego con más audacia, hasta que oyó un gemido de placer que salió de su boca.

Agravar le puso la mano en un pecho. El calor de su piel le cortó la respiración e hizo que él se detuviera como si vacilara. No quería que parara. Su cuerpo se arqueó hacia él de manera instintiva, haciéndole ver lo que sentía.

Deseaba más, pero no sabía exactamente qué era lo que ansiaba con tanta intensidad.

Con la mano puesta en su cuello, Agravar se detuvo y la miró. Rosamund abrió los ojos, oyó el sonido de su respiración, vio cómo su pecho subía y bajaba mientras iba deslizando la mano lentamente hasta colarse por el escote del vestido.

El efecto que causó su mano sobre la piel de Rosamund se extendió por todo el cuerpo como una ola imparable. Agravar se inclinó sobre ella y fue besando cada centímetro de piel por el que pasaba su mano, dejando tras de sí un rastro de fuego.

Rosamund se movió suavemente en sus manos para dejar que la despojara del vestido, después esperó impaciente a que aquellas manos poderosas tocaran sus pechos descubiertos. Con el vestido ya en la cintura, empezó a besarle el cuello y fue bajando hacia sus pechos, continuó hasta que la cima de ambos senos se endureció de placer.

—Por favor —le suplicó.

Sumergió las manos en su cabello y esperó. Entonces sintió que su lengua la tocaba ahí y todo dejó de importar.

—Eres tan hermosa —murmuró.

—Tócame —respondió ella, deseosa e impaciente.

—Desvergonzada —dijo riéndose sin apartar la boca de su piel.

Rosamund saboreó cada delicioso roce de sus labios, cada caricia de su lengua. El placer se extendió por todo su cuerpo, inundando su vientre de fuego.

Cuando se apartó de ella fue como si le hubiera arrancado una parte de sí misma. Se incorporó para liberarse de la ropa sin apartar los ojos de los suyos en ningún momento. Ahora no sonreía ni hacía bromas. El calor de su mirada era tan potente como el que provocaban sus caricias en ella. Rosamund se arrodilló para ayudarlo a quitarse la camisa y empezaron a temblarle las manos al quedar su cuerpo expuesto. Parecía un dios de alguna leyenda nórdica.

Y era todo suyo. Era una sensación tan excitante.

Se tumbó de espaldas para bajarse del todo el vestido y quedar tan desnuda como él. Después le tendió una mano, que él aceptó de inmediato.

—¿Te duele la herida? —le preguntó al ver el cuidado con que se tumbaba a su lado.

—No —respondió con una sonrisa—. Ahora calla y no me distraigas —añadió colocándose sobre ella.

Sintió el impulso de decirle que no se excediera,

que aún estaba muy débil, pero la sensación de tenerlo encima era tan increíble que se olvidó de protestar. Se apretó contra él.

—Quiero estar dentro de ti, Rosamund —susurró mientras dejaba que notara su excitada masculinidad.

Sin apenas poder creer su propia audacia, Rosamund coló la mano entre ambos cuerpos y fue bajándola hasta poder tocar esa parte de él.

Agravar cerró los ojos y apretó los dientes.

—Ay, Rosamund.

Siguió examinándolo, fascinada.

—Está caliente.

—Eso porque me haces arder de deseo.

—¿Duele?

Aquello le arrancó una carcajada.

—No. Es una tortura, pero una tortura maravillosa.

Le gustaba el poder que le confería hacerlo reaccionar con sus caricias. Pero entonces él le agarró la mano y se la retiró.

—No me pongas a prueba o esto acabará de un modo decepcionante.

—¿Qué quieres decir?

—Pues que no podré aguantar... olvídalo. Cuando sepas más, lo entenderás.

—Quiero entenderlo —dijo ella—. Quiero saber qué es lo que te hace disfrutar.

—Lo que me hace disfrutar, milady, es hacerte disfrutar a ti —respondió echándose hacia atrás.

—¿Adónde vas... ah!

Volvió a tomar uno de sus pechos con la boca, pero esa vez lo chupó con un ímpetu que la dejó sin aliento y cuando sus dedos se deslizaron por los pliegues que se escondían entre los muslos de Rosamund, ella se sacudió, sorprendida.

—Sólo voy a acariciarte —le susurró en tono tranquilizador—. Aquí, ¿ves? ¿Sientes lo mojada que estás?

—¿Por qué? ¿Qué ha pasado?

—Así es como la mujer se prepara para recibir a su hombre.

—¿Vas a penetrarme ahora? —«por favor», habría deseado añadir.

—Aún no. Déjame que te muestre todo cuanto me sea posible mientras pueda contenerme, todo el placer que puedo proporcionarte.

Rosamund abrió la boca para preguntarle a qué se refería, pero sus dedos le dieron la respuesta antes de que pudiera hablar. De nuevo se sacudió sin darse cuenta.

—Túmbate —le dijo él suavemente—. ¿Ves? Sólo te estoy acariciando. ¿Te gusta?

No podía responder, sólo pudo asentir mientras se mordía el labio inferior.

El movimiento de sus dedos era sencillamente enloquecedor. Todo su ser estaba centrado en lo que sentía esa parte de su cuerpo, desde donde surgió una extraña y maravillosa tensión que fue creciendo y creciendo dentro de ella.

Sin dejar de tocarla, Agravar comenzó a besarle un pecho, a acariciarlo con la lengua y Rosamund se dio cuenta de que estaba moviendo las caderas sin siquiera ser consciente de ello. Era como si su cuerpo tratase de alcanzar un lugar que conocía de manera instintiva.

—Sí, mi amor, así —le dijo Agravar—. Siéntelo. Sólo tienes que sentir.

—Sí —fue lo único que pudo decir antes de dejarse llevar por aquella sensación desconocida que estalló dentro de ella, invadiéndola de placer.

Agravar la abrazó fuerte mientras le susurraba al oído palabras que Rosamund no alcanzó a comprender, pero que añadían aún más placer al momento. Creyó oír palabras de amor, de posesión.

Entonces la besó con una pasión que ella sentía por vez primera. Cuando trató de hacerse un hueco entre sus piernas, ella las separó para dejarle paso a su interior. Sabía que sentiría dolor. El padre Leon se lo había dicho un millón de veces. Pero los besos de Agravar acallaron un grito ahogado y consiguieron que se relajara.

—Ahora eres mía —le susurró.

La idea de pertenecerle y de que él le perteneciera hizo que el dolor desapareciera por completo.

Empezó a moverse de nuevo, primero despacio y luego un poco más rápido, hasta que Rosamund se hubo acostumbrado a él y al acto en sí. Devoró su boca una vez más y fue haciendo que el dolor dejara paso al placer.

Era fascinante, pensó Rosamund. No pudo resistir la tentación de tocarlo y saborearlo del mismo modo que había hecho él. Su lengua sintió el sabor salado de la piel mientras su mano recorría los músculos de sus brazos.

La apretó aún más fuerte, adentrándose en ella más y más. Sintió cómo su cuerpo se tensaba justo un segundo antes de que un grito primitivo saliera de su boca. Rosamund se abrazó a él, fascinada por la intensidad del placer que veía reflejado en su rostro.

Después de unos segundos de quietud, Agravar levantó la mirada hacia ella y sonrió.

—Eres mía.

Rosamund le apartó un mechón de pelo de la cara y sonrió.

—Para siempre.

Sus cuerpos entrelazados descansaron en silencio.

Veintitrés

Rosamund se negaba a llorar. Se mordió los labios y tragó saliva, pero las lágrimas le caían por las mejillas sin que pudiera remediarlo, ajenas a su vergüenza.

No quería que Agravar viera que estaba llorando. No lo comprendería. Dios, ni siquiera ella lo comprendía. Estaba llorando por muchas cosas... por la dicha que había encontrado en el acto de unión que acababan de compartir, por la tristeza de su inminente separación... por todo.

Afortunadamente, Agravar no estaba aún plenamente recuperado de la herida y cayó en un sueño profundo, que le dio tiempo a Rosamund para calmarse.

Lo observó con deleite, aquel cuerpo en el que encontraba tanta belleza y, por el ardor que había visto en su mirada, intuía que él sentía algo parecido por ella. Era maravilloso verse a sí misma a través de sus ojos.

Maravilloso y extraño. Nunca se había creído especial. Cyrus y el padre Leon la habían advertido tanto del peligro de la vanidad, que nunca se había atrevido a sentir orgullo alguno por su aspecto. Ahora miró su cuerpo desnudo, sólo cubierto por el brazo poderoso del vikingo, y sonrió.

Recordó el modo en que Agravar la había acariciado y la expresión de su rostro al verla desnuda por primera vez. No alcanzaba a comprender cómo algo así podía ser pecado. Un Dios bondadoso debería sentir dicha de que sus criaturas pudieran encontrar un gozo como aquél. Para Rosamund, lo que acababa de sentir era la mayor bendición que podría haber imaginado.

Respiró hondo. Las lágrimas se habían secado y en su lugar había quedado una intensa sensación de paz. De satisfacción.

De pronto sintió que le rugía el estómago y se dio cuenta de que tenía hambre. Se apartó de Agravar con mucho cuidado, pero antes comprobó el estado de la herida, que había empezado a cerrarse limpiamente. Por un momento había temido que se le abriera durante el apasionado encuentro.

Se puso el vestido para ir a ver lo que quedaba de comida.

—¿Qué ocurre? —preguntó él con voz adormilada—. ¿Tan ansiosa estás por alejarte de mí ahora que ya has conseguido lo que querías?

Rosamund se volvió a mirarlo con una mano en la cadera en descarada pose.

—Ahora que hemos saciado un apetito, pretendía satisfacer el otro.

—¿Quién ha dicho que el primero haya quedado saciado?

—¿Qué? —entonces sonrió pícaramente—. Vaya.

Agravar le tendió una mano, un simple gesto que bastó para que Rosamund se olvidara de la comida y fuera hacia él. Sólo había dado un paso cuando se oyeron pisadas de caballo acercándose entre los árboles.

Rosamund se quedó inmóvil. ¿Quién sería? ¿Davey? ¿Lucien?

Uno sería su salvación, el otro su perdición.

Agravar se puso en pie de un salto, pero el dolor le hizo inclinarse hacia delante.

—Maldita sea —gruñó—. Ven a ayudarme, Rosamund.

Su cuerpo se movía mientras su mente se negaba a funcionar. Lo ayudó a vestirse.

—Dame la espada —le dijo después.

Lo vio palidecer al intentar sujetar el arma, que se le cayó de las manos. Rosamund volvió a dársela.

Esa vez consiguió agarrarla con fuerza, y con evidente dolor.

—Ponte detrás de mí —le ordenó.

El peso de la espada era más de lo que podía soportar. El dolor que sentía en el costado apenas le dejaba levantar el arma, pero Agravar se negaba a dejarse vencer.

Con la mirada clavada en los árboles, apretó a Rosamund contra su espalda.

—No te separes de mí —murmuró.

El hombre que apareció de entre la maleza hizo que Agravar se tensara aún más y que Rosamund resoplara, aliviada.

—¡Davey! —exclamó ella, y cuando intentó salir de detrás de él, Agravar se lo impidió.

Levantó la espada un poco más.

—Lárgate.

Davey habló mirando al vikingo con los ojos muy abiertos y vigilantes.

—He venido a buscar a Rosamund. No deseo hacerte ningún daño. Rosamund, escúchame, el barco nos espera.

—Vete de aquí —repitió Agravar.

—Suéltala —replicó el muchacho. No parecía tan arrogante como el día anterior, pero tampoco se había echado atrás—. Rosamund desea ser libre.

Si... si la amas, dale lo que más desea en el mundo. Déjala marchar.

Aquellas palabras cayeron sobre Agravar como un puñetazo en la boca del estómago.

—Entrégamela —continuó diciendo Davey—. Yo la llevaré lejos de aquí y cuidaré de que esté bien —su mirada se centró en Rosamund para añadir—: Te llevaré a la libertad.

Se le escapaba de las manos. La unión sublime que habían alcanzado más allá de la comunión de sus cuerpos, la increíble sensación de ser uno solo... todo eso se le escapaba de las manos. Sintió la tensión de Rosamund a su espalda y supo que el muchacho tenía razón.

Davey miró hacia el bosque.

—Han empezado a buscaros. Lady Alayna se puso de parto y lord Lucien tuvo que acudir a su lado. Por eso no vinieron antes, pero ahora está rastreando los bosques con sus hombres.

—¿Está bien Alayna? —preguntó Rosamund de inmediato.

—¿Cómo demonios voy a saberlo?

Parecía que el mocoso no había cambiado tanto, pensó Agravar.

—Vamos, milady —insistió—. Debemos irnos o perderemos la oportunidad. Con los hombres de Lucien recorriendo los bosques, el bote se verá obligado a marcharse sin nosotros.

Agravar bajó la espada y se volvió hacia Rosamund.

—Ve con él —le dijo.

Rosamund lo miró con un gesto que reflejaba la tortura que sufría su corazón.

—No, ya no quiero hacerlo.

—Si te quedas, te entregarán a Robert y yo no podré hacer nada.

Cerró los ojos con fuerza como si así pudiera escapar de la realidad. Entonces volvió a abrirlos de golpe, con una luz nueva.

—Ven conmigo. Por favor, Agravar, ven conmigo.

—Sabes que no puedo. He prometido ser todo lo que no fue mi padre, poner el honor por el encima de todo. Si rompiera esa promesa, Rosamund... Dios, intenta entenderlo, por favor —la miró fijamente a los ojos—. Si rompiera esa promesa, dejaría de ser el hombre que soy.

—Lo sé —admitió bajando la mirada—. No tengo derecho a pedírtelo.

Aquel gesto provocó una enorme ternura en él.

—Tienes todo el derecho del mundo, Rosamund. Si pudiera, te daría todo lo que me pidieras.

—Pero yo no quiero que cambies, quiero que sigas siendo el hombre que eres ahora —dijo con lágrimas en los ojos.

Agravar la estrechó en sus brazos con fuerza.

—Vete —le dijo de nuevo—. Si llega Lucien, se habrá acabado tu sueño.

La soltó, pero ella no se movió; la fuerza de su llanto era tal que no podía hacer nada. Agravar la tomó de la mano y la llevó hasta el caballo de Davey.

—Espera —dijo, al darse cuenta de que sólo llevaba un zapato—. ¿Dónde está el otro?

—No importa —protestó Davey con impaciencia—. ¡Date prisa!

Finalmente la ayudó a montar, no sin antes lanzar una mirada de desprecio a su acompañante.

—Cuida de ella. No dejes que le pase nada.

—Yo la protegeré —afirmó Davey secamente, al tiempo que empezaba a dar la vuelta al caballo.

Pero Agravar agarró las riendas.

—Si le ocurre algo, no pararé hasta encontrarte y hacértelo pagar.

El muchacho apretó los dientes con evidente respeto, pero un segundo después espoleó al caballo y comenzó a alejarse de él. Agravar los vio desaparecer entre los árboles.

Dio un paso hacia delante, extendiendo el brazo hacia ella como si aún pudiera alcanzarla. El sonido de los cascos del caballo se hundió en el silencio y Agravar bajó la mano.

Una vez solo, Agravar se sentó a esperar. Si Davey había dicho la verdad, cosa que sinceramente dudaba, Lucien no tardaría en llegar.

Pero resultó que el muchacho no había mentido, pues poco después se oyeron pisadas de caballo en el bosque. Agravar lanzó un grito poderoso que Lucien reconocería de inmediato. Era su grito de guerra, aunque ahora sonaba triste en lugar de fiero.

¿Cuánto tiempo había pasado desde la marcha de Rosamund? ¿Habrían conseguido llegar al bote? Lucien no tardó en aparecer junto a Robert y el resto de hombres. Agravar se puso en pie muy despacio.

—¡Agravar! —exclamó su amigo con evidente alivio.

—¿Mi señora está bien? —preguntó el vikingo.

Lucien asintió.

—Muy bien —una sonrisa invadió su rostro—. Y tenemos otro hijo.

—Felicidades, amigo mío —dijo con gran alivio—. Me alegra saber que todo está bien.

Lucien lo examinó detenidamente.

—Y a mí ver que tú también estás bien. Temí que... —dejó de hablar e hizo un gesto que hacía siempre que algo le preocupaba—. ¿Y Rosamund? ¿No conseguiste encontrarla?

—No. Me atacaron unos ladrones, se llevaron mi caballo y me abandonaron aquí.

—Pero tu caballo volvió al castillo sano y salvo.

Agravar asintió con fingido alivio, pero lo cierto era que ni siquiera el hecho de haber recuperado su valioso corcel le daba la menor alegría.

—Qué suerte.

—Cuéntame qué ocurrió. Estás herido —la evidencia se veía a través de la camisa rota.

—Sí. Ese truco que intenté contigo no es tan efectivo como yo esperaba.

—Pero la herida está cauterizada.

Agravar se miró la herida y se encogió de hombros.

—Sí, yo mismo lo hice. Después de tantas heridas, he aprendido a hacerlo.

—Muy bien —asintió Lucien, algo desconcertado—. Yo... estaba preocupado por ti, viejo amigo. Al ver que no volvías pensé lo peor.

Agravar pasó junto a él sin apenas mirarlo, pues se sentía fatal por engañarlo.

—Lord Robert, siento mucho no haber podido encontrar a su prometida.

—No es culpa tuya —respondió Robert—. Esperemos que esté bien y que vuelva pronto con nosotros. Me alegra que estés bien y puedas volver con tus amigos que tanto te quieren.

—Gracias —respondió Agravar, antes de volver a dirigirse a Lucien—. Volvamos a Gastonbury.

Volvió al improvisado campamento que Rosamund le había preparado con tanto cariño, donde habían hecho el amor y sus corazones se habían fundido en una unión que perduraría el resto de sus vidas, allí recogió sus botas y su espada. Estaba a punto de darse la vuelta cuando vio un bulto bajo la manta.

Su zapato.

—¿Agravar? ¿Vienes?

—Un momento —dijo escondiendo el zapato bajo la manta, con la que formó un atillo que se puso bajo el brazo.

Le costó un enorme esfuerzo montar al caballo que le había cedido un soldado. Lucien lo observaba con preocupación.

—En cuanto lleguemos a Gastonbury le pediremos a Eurice que te eche un vistazo.

Agravar asintió y se puso en marcha, dejando atrás las ruinas.

Veinticuatro

Siete meses después y aún podía sentir su olor. Si cerraba los ojos y pensaba en ella, su cuerpo volvía a llenarse de su aroma, de su presencia.

El recuerdo de Rosamund era como una sombra que lo acompañaba en todo momento. De nada servía mantenerse ocupado, porque en cuanto se relajaba un momento, su susurro volvía a su cabeza. Cuando cerraba los ojos por la noche, era ella lo que veía... su boca entreabierta por la pasión, esperando sus besos, el modo en que había echado la cabeza hacia atrás al llegar al éxtasis.

Después de cinco meses, había llegado a la conclusión de que le haría bien descargar su lujuria con otra mujer. Eligió una de las tres doncellas rubias sabiendo que estaría dispuesta. Una noche la había mirado insistentemente durante la cena, finalmente la joven había captado el mensaje y se había acercado a él. En el momento en que abrió la boca, Agravar se había dado cuenta de que no era buena idea y había salido del salón tan rápido como le había sido posible. Había pasado la noche paseando por lo alto de las murallas, luchando contra el frío y la tristeza, hasta que había llegado a la conclusión de que tenía que seguir adelante con su vida.

Desde aquel día se había sentido algo mejor. Había dejado de torturarse con las fantasías que lo habían acompañado desde su marcha. Cada vez que le venía su imagen a la cabeza, se esforzaba en pensar en otra cosa. Tal disciplina lo ayudó a sobrellevar la situación.

De vez en cuando seguía evocando el recuerdo del encuentro como el que se tocaba una muela dolorida con la lengua. Sabía que dolería, pero no podía controlarse.

Y así, ocasionalmente, se alejaba del mundo entero y recordaba.

Robert y Lucien jugaban al ajedrez mientras, en un rincón de la misma sala, lady Veronica bordaba y Alayna atendía al bebé, al que habían llamado Luke.

Leanna gateaba a su alrededor y Aric estaba enfurruñado en la otra punta de la habitación porque su padre lo había reprendido duramente por una de sus travesuras.

—Creo que ya me tienes —admitió Robert.

—Aún no es definitivo —replicó Lucien, que aún seguía de mal humor con el conflicto con su primogénito.

—Ya me lo dirás en otros dos movimientos.

Agravar se encontraba sentado frente al hogar, con la mirada clavada en las llamas.

Robert se recostó sobre el respaldo de la silla y, fingiendo que se estiraba, miró hacia donde se encontraban las damas. Un pequeña y secreta sonrisa curvó los labios de lady Veronica.

—Hace una noche muy agradable —dijo Robert volviendo al juego—. ¿Por qué no lo dejamos aquí y salimos a disfrutar del aire fresco? —se volvió hacia las damas—. ¿A alguna de ustedes le apetece dar un paseo por las murallas?

Veronica dejó a un lado la labor.

—La verdad es que tengo la vista muy cansada y hay poca luz. ¿Qué ha dicho, Robert, un paseo? Creo que me vendría muy bien.

—Acaba la partida, Robert —gruñó Lucien—. No me gusta dejar las cosas a medias.

Alayna se echó a reír.

—Lo que no te gusta es que te priven de un triunfo

—le dijo a su marido poniéndole ambas manos en los hombros—. ¿Dónde están tus modales, esposo? Lord Robert es nuestro invitado y desea que le concedas un indulto.

Lucien gruñó de un modo que dejó bien claro qué opinión tenía sobre ciertas cortesías, pero finalmente se encogió de hombros y dijo:

—Está bien.

La puerta se abrió de pronto y apareció un soldado.

—¡Capitán! —exclamó en cuanto localizó a Agravar entre los presentes—. Hay varios viajeros en la puerta de la muralla. Dicen que vienen de…

La llegada de otro soldado interrumpió al primero.

—Milord, milady, debo…

Pero ése tampoco pudo terminar por culpa de un tercer soldado.

—¡Ya están aquí!

En medio de la confusión, Lucien se había puesto en pie y había acudido junto a Agravar, que tenía ya la mano sobre la empuñadura de la espada. Los dos hombres se colocaron hombro con hombro de manera instintiva, formando un muro defensivo ante cualquier peligro.

Otro hombre entró en la sala y Agravar sintió que el cielo caía sobre él. Un fantasma, un recuerdo. Era imposible.

Davey.

Lo primero que se le pasó por la cabeza era que Rosamund había muerto. Comenzó a caminar hacia él sin siquiera pensar, pero debía de tener una mirada asesina, porque el rostro de Davey se cubrió de terror.

—No —gritó una voz de mujer que hizo que se detuviera en seco.

No se atrevía a mirar, ni a creer lo que había oído. Lo que creía haber oído. ¿Cuántas veces había oído su voz en aquellos siete meses?

Pero entonces fue Veronica la que gritó:

—¡Rosamund!

Y Agravar supo que su cerebro no lo había engañado. Por fin miró a la puerta.

Allí estaba.

Rosamund.

Veronica se había abrazado a ella, pero los ojos de Rosamund estaban clavados en Agravar.

Algo raro les ocurría a sus piernas. No podía moverlas. Cuando por fin consiguió reaccionar, sólo pudo dar un paso antes de que una mano lo agarrara del hombro.

—Ése no es tu lugar —le dijo Lucien en voz baja.

Robert pasó junto a él y esperó a que Veronica dejara de abrazarla para poder saludar a Rosamund.

—Querida, me alegro de que haya vuelto sana y salva —le dijo agarrándole ambas manos con formalidad.

—Gracias —respondió ella.

Alayna fue la siguiente en saludarla. Las dos primas se abrazaron y rieron de alegría, pero tuvieron que dejar de hacerlo cuando el pequeño Aric se lanzó a los brazos de la recién llegada.

Agravar dio un paso hacia ella, Lucien lo apretó un poco más, pero el vikingo se zafó de él y se acercó a la puerta. Rosamund lo vio acercarse con increíble serenidad.

—Bienvenida, milady —le dijo por fin.

La sonrisa que apareció en su rostro a modo de respuesta estaba llena de secretos que sólo él conocía.

—Gracias, Agravar. Estoy encantada de estar de nuevo en Gastonbury, mi hogar.

Agravar sintió que se le encogía el corazón. Robert frunció el ceño con evidente incomprensión. No era aquél el lugar que Rosamund debía considerar su hogar.

Veronica la agarró de la mano.

—Querida, estoy segura de que todos tenemos cientos de preguntas que hacerte, pero por ahora nos basta con dar gracias a Dios por tenerte aquí con nosotros otra vez.

Todos las siguieron hacia los asientos. Lucien lanzó una mirada de aviso a Agravar y luego fue también tras ellas.

Agravar miró a Davey, que lo observaba sin molestarse en ocultar el resentimiento que le provocaba.

—Ojalá me hubieran dejado acompañar a los hombres que te buscaban —protestó Aric, con la espada de madera en la mano—. Yo habría encontrado a los bandidos que te raptaron.

Rosamund se echó a reír con lágrimas en los ojos. Hasta ese momento había conseguido controlar sus emociones desde el mismo instante en que entró en la sala y vio a aquéllos con los que llevaba meses soñando.

Ni siquiera había llorado al verlo a él.

—Vamos —dijo Alayna agarrando a su hijo—. Seguro que necesitas descansar un poco.

—Sí —asintió Rosamund, agradecida de poder escapar de las preguntas que sin duda tendría que responder.

Entonces recordó la mirada que había visto en los ojos de Agravar al entrar y supo que no se había equivocado al tomar la decisión de volver.

Tenía un nuevo plan que sin duda iba a funcionar. Pero, por el momento, iba a tomarse el descanso que le había brindado Alayna.

El patio de armas estaba iluminado por innumerables antorchas. Lucien le lanzó la espada a Agravar.

—Recuerdo lo que es —le dijo con toda la amabilidad de la que era capaz—. Agarra la espada, vas a ver que te hace bien.

Agravar se sentía aturdido, pero el golpe de Lucien en el costado le hizo salir de su ensimismamiento.

—Vamos, bellaco mujeriego —le espetó a modo de provocación—. Veamos si el amor te ha ablandado tanto como parece.

—¿Cómo lo sabes?

Lucien resopló con fingida indignación.

—No sé cuántas heridas habrás cauterizado en tu vida, pero estoy completamente seguro de que ésa no es una de ellas —dijo apretando el acero contra el lugar donde aún estaba la huella de la herida—. Ella estaba contigo.

—¿Lo has sabido desde el principio?

Lucien volvió a atacarlo y esa vez dolió.

—Vamos, pequeño estúpido, ¡levanta la maldita espada!

Agravar apretó la mano alrededor de la empuñadura de aquella espada que conocía tan bien como su propia mano y la levantó con fuerza. El primer golpe consiguió que Lucien rodara por el suelo, tras lo cual se echó a reír y se preparó para el siguiente.

Agravar luchó y descubrió que Lucien tenía razón, le hizo bien.

Veinticinco

Mientras Hilde le preparaba el baño a Rosamund, Veronica le sugirió que quizá Robert deseara que le diera alguna explicación. Alayna fue más directa, se sentó frente a ella una vez hubo salido de la bañera y se lo preguntó directamente.

La puerta estaba abierta porque los sirvientes acababan de llevarse la bañera y nadie había acudido a cerrarla.

Todos los ojos estaban sobre ella, esperando que hablara. Rosamund bajó la cabeza y respiró hondo.

—Sé que lord Robert tiene derecho a saber qué me ocurrió. También sé que vuestra curiosidad es provocada por el amor y no por la malicia, pero es un asunto del que preferiría no hablar a no ser que fuera absolutamente necesario.

Entonces se oyó una voz masculina.

—Si le resulta doloroso, no volveremos a mencionarlo —era Robert, de pie en el umbral de la puerta—. Perdóneme por aparecer en sus habitaciones de este modo; venía a hablar con lady Veronica para preguntarle qué tal se encontraba la recién llegada y al llegar he encontrado la puerta abierta.

Veronica se puso en pie y juntó las manos en el regazo. Rosamund se fijó en el gesto. ¿Por qué estaba tan nerviosa lady Veronica?

—Entre, milord —dijo la dama—. Ya hemos terminado con nuestros quehaceres.

—Sólo les quitaré un momento. Tiene buen aspecto, Rosamund, tan bella como siempre.

—Gracias por su amabilidad, milord —murmuró Rosamund.

—Sólo quería asegurarme de que estaba bien y quiero que sepa que lo importante es que haya vuelto con nosotros. Supongo que le resulta duro hablar de lo ocurrido y por ello prohíbo que se le haga cualquier pregunta.

Rosamund lo miró a los ojos y vio sincera bondad en ellos, algo que hizo que se sintiera culpable por haber traicionado a un hombre tan honrado. No dijo nada.

—Si decide confiar sus secretos a alguien, será

sólo asunto suyo —continuó diciendo—. Ni yo ni nadie va a pedirle ningún tipo de explicación. Y —titubeó ligeramente y en ese momento de vacilación, su mirada se dirigió al lugar en el que se encontraba Veronica—... No hay duda de que el compromiso sigue en pie. Tengo intención de hacerlo efectivo tan pronto como sea posible. Entonces podré llevarla a casa, allí podrá empezar de nuevo y dejar atrás tan dolorosos recuerdos.

Antes de que Rosamund pudiera responder, el caballero se dio media vuelta y salió de la habitación.

—Es un gran detalle que lord Robert haya tenido en cuenta su malestar y que cuide de usted con tal bondad —aseguró Hilde con admiración.

Alayna le puso la mano en el hombro a su prima y añadió.

—Es un hombre muy amable.

—Sí —asintió Rosamund.

Al volver a verlo sin la cortina de pánico que había nublado su visión, veía un hombre noble y en absoluto carente de atractivo. Sin duda era un buen hombre, pero no era a él al que quería.

Lo que acababa de hacer era sin duda digno de admiración. Todo el mundo en Gastonbury creería que había sido raptada por malhechores, motivo más que suficiente para haber anulado el compromiso. Muchos hombres no habrían querido seguir prometidos a una mujer mancillada y nadie habría criticado a lord Robert si hubiera decidido rechazarla.

De hecho eso era precisamente lo que Rosamund había esperado que sucediera y había confiado en que así se vería libre del compromiso. El anuncio de lord Robert había hecho desaparecer tal esperanza. Bajó la mirada y pensó que ahora todo volvía a ser como antes de su marcha.

No, nada era igual. Estaba más decidida que nunca a conseguir la libertad. Quería a Agravar con todo su corazón y estaba dispuesta a arriesgarlo para labrarse un futuro junto a él.

Hilde seguía alabando a lord Robert y Alayna había empezado a cepillarle el pelo. Rosamund se fijó en que Veronica parecía ausente. Casi triste.

Resultaba tan frustrante tener tantas preguntas y ninguna esperanza de obtener respuestas, pensó Agravar con la mirada clavada en el fuego que calentaba el gran salón. No podía hacer nada excepto sentarse allí como si Rosamund no fuera nada para él. No podía más con tanta falsedad, no aguantaba tener que fingir.

El sabor amargo y sin fuerza de la cerveza que tenía en la mano le convenció de que llevaba allí demasiado tiempo.

Buscando algo que hacer para entretenerse, se dirigió a los establos, pero su caballo estaba perfectamente limpio y peinado, así que salió al patio de armas. Allí no había nadie, lo cual era lógico, pues debía de ser ya casi la hora de la cena y los campesinos se apresuraban a volver a sus casas, donde los esperaban sus familias. Un día como otro cualquiera y sin embargo tan diferente para él.

Finalmente decidió subir a lo alto de la muralla y ver cómo se ponía el sol entre los árboles. El aire se fue haciendo más frío tras la caída del sol, pero Agravar no iba a bajar al salón. Si Rosamund había bajado a cenar, estaría junto a Robert. Así pues, permaneció allí hasta que fue noche cerrada y después se fue directamente a su habitación.

Junto a la puerta, una figura salió de las sombras del pasillo. Agravar se detuvo en seco. Rosamund.

—¿Qué haces aquí? —preguntó, sin poder evitar que la sorpresa hiciera que su voz sonara brusca.

La sonrisa que apareció en su rostro le estremeció el corazón.

—Tenía que venir —levantó la mano en la que llevaba un zapato.

Agravar lo reconoció de inmediato. Él aún tenía el otro, pues era el único recuerdo que le había quedado de ella. Lo guardaba en un rincón secreto de su dormitorio donde ni los sirvientes podrían verlo.

—¿Qué iba a hacer con esto? —preguntó sin dejar de sonreír—. No me sirve de nada sin su compañero.

Agravar no dio más que un paso, fue ella la que fue hasta él y entonces ya no pudo resistir el deseo de abrazarla y hundir la cara en su cabello, zambulléndose en su aroma.

—Dios, creí que no volvería a tenerte entre mis brazos nunca más —le acarició la cabeza y ella se rió suavemente—. Dios, mujer, cómo te he echado de menos.

—Y yo a ti, maldito vikingo —no había dejado de sonreír, pero ahora lloraba al mismo tiempo—. No podía dejar de pensar en ti en todo momento. Mientras paseaba por los foros de Italia era tu imagen lo único que veía. Admite que has hecho algún tipo de conjuro para hacerme volver.

Él también se echó a reír.

—Si viste la cara que puse al verte entrar, sabrás que no tenía la menor esperanza de volver a verte entre los muros de este castillo.

—Te aseguro que no tenía ojos para otra cara que no fuera la tuya, llevaba mucho tiempo esperando verla —se apretó un poco más contra él—. Esperando besarte. ¿Vas a hacerme esperar mucho más tiempo?

Empezó a bajar la cabeza hacia ella, pero entonces se detuvo y miró a su alrededor.

—Espera, aquí no. Podrían vernos. Ven, entra en mi habitación.

Apenas estuvo la puerta cerrada, sus bocas se fundieron en un beso con el que pretendían recuperar los meses de separación. Al sentir cómo ella abría los labios, Agravar notó que le temblaban las piernas y que se le derretía el corazón por efecto del dulce roce de su lengua.

—Todas las noches sin excepción, soñaba que estaba aquí contigo —susurró Rosamund mientras él le cubría el rostro de besos.

—Yo tuve que desterrarte de mis pensamientos —admitió él y al ver que ella fruncía el ceño, se lo explicó—: Los hombres y las mujeres somos diferentes, Rosamund. Cuando pienso en una mujer de cabello dorado como el sol y ojos profundos y dulces como la miel, aparece una... evidencia en mi cuerpo. No habría sido adecuado pasearme por el castillo en ese estado.

Rosamund sonrió y Agravar sintió el deseo de volver a devorar aquella boca, pero antes fue a encender las antorchas de la habitación.

—¿Necesitamos fuego? —le preguntó.

—No creo que vayamos a tener frío —respondió ella con picardía.

Agravar volvió a reírse mientras la llevaba hacia la cama, único lugar donde poder sentarse en la pequeña habitación.

—No eres muy listo si crees que vas a conquistarme tan fácilmente.

—Tranquila, antes quiero algunas respuestas.

Rosamund se sentó a su lado, tan cerca como era posible. Agravar respiró hondo y habló:

—Dime, Rosamund. Después de todo lo que hiciste para ser libre, ¿por qué has vuelto?

—Tenía que volver. Verás, yo soy como el zapato.

—¿Como el zapato?

—Sí, que no sirve de nada sin su compañero. Yo tampoco sirvo para nada sin ti.

—¿Has vuelto sólo por mí?

—Adoro este lugar y quiero mucho a la gente que vive aquí, pero lo cierto es que me di cuenta de que nunca podría ser feliz sin ti. Te amo. Pensé que te lo había dejado muy claro la última vez que nos vimos.

Agravar bajó la cabeza. Era maravilloso y extraño al mismo tiempo oír aquellas palabras porque nunca había tenido a nadie que se preocupara por él excepto Lucien.

—No creo que a Davey le hiciera mucha gracia traerte de vuelta aquí.

—Davey se volvió... difícil, pero yo no estaba dispuesta a responder ante él como si fuera Cyrus. Cuando insistí en volver a Inglaterra, no le quedó más remedio que aceptar a regañadientes, pero me dijo que sería lo último que haría por mí. No me habló en todo el viaje y supongo que, en cuanto comprobó que había llegado sana y salva, se marchó.

—¿Y qué hay de Robert? ¿Sabías que estaría

aquí, dispuesto a seguir adelante con el compromiso?

Rosamund asintió con pesar.

—Admito que me sorprendió encontrarlo aquí, pero sabía que tarde o temprano tendría que enfrentarme a él —un temblor en la voz delató su preocupación—. Lord Robert es un buen hombre. Ahora sé que no tengo por qué tenerle miedo. Gracias a ti, Agravar, sé que no todos los hombres son como Cyrus. Voy a hablar con Robert y tengo la esperanza de que no desee casarse con alguien que no quiera hacerlo. Le diré toda la verdad —hizo una pausa e inclinó la cabeza a un lado—. Bueno, quizá no toda.

—Ven aquí —le dijo para poder estrecharla en sus brazos y besarla.

Ella obedeció con deleite y, en un segundo, acabaron tumbados sobre la cama.

Agravar se apartó sólo un poco para poder mirarla a los ojos.

—¿Estás segura de que podrás hacerlo... hablar con Robert?

—Sí. Tengo que ser sincera con él. El Señor dice que la verdad nos hará libres —clavó la mirada en sus ojos—. Después tendré que buscarme un marido. ¿Sabes de alguien que pueda estar interesado?

—¿Qué te parecería ser la esposa de un vikingo bastardo, sin propiedades y amigo de un señor malhumorado que no te gusta?

—No hace falta que lo pongas tan feo.

Agravar sentía que el corazón estaba a punto de escapársele del pecho.

—¿Eso he hecho? Qué torpe soy. Sobre todo porque es lo que más deseo en el mundo. Rosamund, tú eres mi vida. ¿Comprendes lo que digo? No soy nada sin ti.

—Entonces sé algo conmigo. Sé mi amor —añadió en un susurro.

—Eso siempre.

No pudo aguantarse por más tiempo. Su cuerpo ardía de deseo por ella y no pudo hacer otra cosa que apretarla contra sí. No habría sabido decir si ella era consciente de cómo sus pechos le rozaban el torso, desde luego él sí lo era, de eso y de mucho más. Sentía su vientre plano, sus caderas y la suavidad de su cabello que caía sobre ambos envolviéndolos en una luz dorada.

—He vuelto por ti, Agravar. Sólo por ti —le tomó el rostro entre las manos y lo miró a los ojos—. Te lo dije una vez y nada ha cambiado. Soy tuya.

Agravar no podía mantener las manos quietas. Deseaba recorrer cada rincón de su cuerpo, tocar cada pliegue.

Entonces ella lo apartó para ponerse en pie y, antes de que tuviera tiempo de preguntarle qué hacía, vio cómo empezaba a despojarse del vestido y se le cortó la respiración.

Una vez estuvo completamente desnuda, trató de volver a la cama junto a él, pero Agravar la sujetó y, con un gesto, le hizo entender que quería mirarla unos segundos, deleitarse en tan magnífica visión. Acompañó su mirada de caricias que hicieron que se endurecieran sus pezones y rozaron el vello que cubría el triángulo que se formaba entre sus piernas.

—Hazme un sitio, vikingo —le dijo poco después.

Se sentó en la cama y se dispuso a desnudarlo también a él.

—Te estás volviendo muy mandona.

—Y todo te lo debo a ti —respondió mordiéndose los labios para no reírse—. Ahora termina de desvestirte.

—Jamás me atrevería a desobedecerte.

En cuanto lo tuvo desnudo frente a ella, Rosamund se empeñó en examinar la herida que ella misma le había curado.

—No hice un trabajo muy fino, te ha quedado cicatriz.

—Tengo muchas otras para que no se sienta sola, pero espero que no me hayas hecho desnudarme sólo para esto. Sería una gran decepción.

Rosamund se echó a reír y no dejó de hacerlo mientras se tumbaba a su lado.

—Así es como soñaba estar contigo —le dijo acariciándole el pecho y provocándole un millón de escalofríos.

—Veo que has dedicado mucho tiempo a pensar en ello —respondió él con voz temblorosa de placer y emoción.

—¿Es que tú no pensabas en mí?

—De vez en cuando, cuando se apoderaba de mí el aburrimiento.

Rosamund lo miró provocadoramente.

—Ah, ¿sí?

—No, la verdad es que pensaba en ti todo el tiempo.

—Eso está mejor.

—Calla —le dijo riéndose, antes de tomarle el rostro entre las manos y besarla apasionadamente—. Llevo demasiado tiempo esperándote. Ya iremos más despacio en otro momento, ahora necesito poseerte inmediatamente.

—Sí —se limitó a susurrar ella.

Agravar se inclinó sobre ella y tomó uno de sus pechos en la boca. Lo chupó hasta hacerla gemir de placer. Estaba increíblemente excitado, pero entró en ella con facilidad. Encima de él, ella se arqueó para ajustarse a su masculinidad.

Con las manos en sus caderas, Agravar fue enseñándole el ritmo. Ella se movía de manera instintiva y él la acompañaba, dejando que su cuerpo expresara el amor que llenaba su corazón. Sus miradas se encontraron de pronto y Agravar creyó que iba a explotar de alegría.

Observó el momento de su clímax sólo un segundo antes de derretirse dentro de ella.

Poco a poco, fue volviendo a la normalidad. Rosamund se había acurrucado sobre él, que la rodeaba en sus brazos sin dejar de besarla.

—Estamos tan bien juntos —susurró ella, todavía sin aliento—. Y si no estamos juntos, nada está bien.

—Hablas demasiado.

—Llevo toda la vida siendo dócil y guardando silencio. Por fin puedo hablar y voy a hacerlo.

—Está bien, habla entonces.

—Eso es todo lo que tenía que decir.

Agravar se echó a reír y la abrazó con fuerza.

—Te quiero.

—No me canso de oírtelo decir. Prométeme que cuando seamos viejos y tengamos nietos, aún seguirás diciéndomelo.

—Rosamund —susurró mientras le acariciaba la cabeza dulcemente—... sabes que te quiero y que me casaría contigo sin pensármelo dos veces... pero existe Robert.

—Ya te he dicho que tengo intención de hablar con él. Di por hecho que no querría casarse conmigo después de mi supuesto rapto porque pensaría que mi virtud habría quedado arruinada —sonrió y le acarició la mejilla—. Lo cual es cierto, pero no del modo que él creería. Pensé que desearía liberarme del compromiso.

—Robert es un hombre de honor, jamás haría algo así.

—Sí, ya me he dado cuenta. Precisamente por eso, no deseará que me case con él por obligación. No es como si sintiera algo por mí. Apenas hemos cruzado una docena de palabras; siempre está hablando con Lucien o con Veronica... es evidente que los prefiere a ellos antes que a mí. Además, casarse conmigo no va a proporcionarle ningún privilegio; Cyrus no es tan importante y mi dote es muy modesta. Estoy segura de que lo entenderá.

—¿Cuándo vas a hablar con él?

—Tengo que buscar el momento adecuado. No voy a engañarte, Agravar, no soy tan valiente como podría parecer por mi forma de hablar. Aún tengo miedo, pero ahora soy capaz de superar ese miedo y no encogerme como habría hecho antes.

Agravar le dio un beso en la frente y apoyó la suya sobre ella.

—Hazlo tan pronto como puedas. No sé si podré soportar la espera, pero si me necesitas...

—Claro que te necesito. Pero esto debo hacerlo sola...

Veintiséis

Rosamund se marchó poco después del amanecer. Era una locura haber esperado tanto, pero el tiempo se les había pasado volando mientras hablaban sin parar. Después habían vuelto a hacer el amor y se habían quedado dormidos, rendidos por la pasión. Al despertar, Rosamund había sido incapaz de marcharse sin despedirse con un beso, lo que había hecho que volvieran a perder la cabeza.

Recorrió el pasillo de puntillas, con mucho cuidado de no ser vista por ningún sirviente, que eran los que más temprano se levantaban. Al llegar a su habitación deshizo la cama como si hubiera dormido en ella; estaba demasiado eufórica para volver a acostarse. Cuando Hilde entró una hora más tarde, estaba ya lavada y vestida.

—¿Qué hace levantada tan temprano? —le preguntó la doncella con sorpresa.

—No podía dormir.

—¿Pesadillas?

Rosamund recordó que se suponía que acababa de escapar de un secuestro.

—Demasiadas en que pensar.

—No me extraña —resopló Hilde—. Tenemos que prepararnos para partir hacia Berendsfore con lord Robert, su magnífico prometido. ¡Claro que tiene cosas en que pensar! Me sorprende que no esté flotando de alegría.

Rosamund reprimió el deseo de gritar.

—Voy a bajar a la sala hasta que llegue la hora del desayuno —y salió de la habitación tan pronto como pudo para no tener que seguir escuchando los inquietantes planes de Hilde.

Lady Veronica estaba sola en la sala, sentada junto a la ventana.

—Buenos día —le dijo al verla entrar—. Te has despertado pronto esta mañana.

Rosamund respondió con una simple sonrisa.

—Rosamund —Veronica respiró hondo antes de seguir hablando—... quería hablar contigo...

La puerta se abrió y apareció Alayna con la niña en brazos.

—Buenos días —las saludó alegremente—. Vaya, parece que las dos estáis muy madrugadoras esta mañana.

Rosamund levantó la mirada hacia Veronica. Los ojos de la dama parecían llenos de dudas, pero enseguida los apartó de ella y se puso en pie.

—Disculpadme. Acabo de recordar que tengo algo de lo que ocuparme.

Más tarde, ese mismo día, Rosamund se vio arrastrada a una habitación por una enorme mano que le tapó la boca.

—Si no gritas, prometo besarte —le dijo una voz de hombre al oído, justo antes de soltarla.

—¡Agravar! ¿Qué estás haciendo?

—Necesitaba verte —respondió y acalló sus protestas con un beso—. ¿Has hablado ya con Robert?

—No lo he visto. ¿Sabes dónde está?

—No, he estado toda la mañana ocupado con Lucien —explicó acompañando sus palabras de unas tiernas caricias que, sin duda, no eran todo lo que deseaba hacer—. Hazlo pronto.

—En cuanto tenga oportunidad, lo prometo —se abrazó a él—. Ahora deja de perseguirme.

—Si tú haces lo mismo.

—¡Yo no te persigo!

—Claro que sí, mujer. Tu imagen me persigue

allá donde voy, me tienes completamente anulado por el deseo. Es una lástima lo que has hecho de mí.

—No es culpa mía.

—Es culpa de tus ojos, de tu cabello —su mano fue subiendo por su vientre, hasta su pecho—... y de tantas cosas.

—Señor, es usted un libertino —se apartó de él riéndose.

El sonido de unos pasos puso fin a las chanzas, pero en cuanto se hubieron alejado, Agravar intentó volver a abrazarla y ella se escabulló.

—Podría vernos alguien.

—Habla con Robert y ya no importará que nos vean.

—Lo haré, pero tienes que darme tiempo.

—Tienes razón, sé que no debería presionarte.

—Eres un encanto... me gusta que estés impaciente.

—Estoy aquí para servirla —le dijo con una exagerada reverencia que la hizo reír.

—Eres demasiado grande para tantas tonterías. Vete ya.

—Cuánto has cambiado —afirmó con orgullo.

—¿Te parece mal?

—Te aseguro, milady, que me parece maravillosamente bien.

—Viene alguien. Hablaremos pronto.

—Ven esta noche a mi habitación —susurró al tiempo que la agarraba para darle un rápido beso.

—Suéltame, viene alguien.

—Prométemelo.

—¡Agravar!

—Prométemelo.

—Está bien, iré.

La soltó justo antes de que apareciera un sirviente que iba buscándolo para decirle que los señores reclamaban su presencia.

—Gracias, capitán —dijo Rosamund con formalidad—. Tendré en cuenta sus consejos. Buenos días.

Al llegar a la sala, Agravar encontró sólo a Alayna.

—Le he pedido a Lucien que me dejara hablar contigo yo sola —le explicó al ver que Agravar buscaba a su amigo—. Agravar, acabamos de recibir una noticia algo difícil para ti.

El vikingo apretó los dientes. ¿Tendría algo que ver con Rosamund?

—Adelante, Alayna. Estoy preparado para lo que tengas que decirme.

—Acaba de llegar un mensaje... son noticias de Tannyhill. Agravar... esto es muy complicado —respiró hondo antes de añadir—: Tu madre ha muerto.

De todos los desastres que se le habían pasado por la cabeza en sólo unos segundos, aquél era probablemente el único que no había imaginado. La muerte de su madre, una mujer que jamás había mostrado el menor afecto hacia él, no debería afectarle. Sin embargo, sintió una especie de malestar en el estómago.

Miró a su alrededor.

—Creo que necesito sentarme.

—Lo siento mucho, Agravar. No sabía cómo decírtelo.

—Gracias, pero no tienes por qué preocuparte. Entre mi madre y yo nunca hubo la devoción y el cariño que tenéis lady Veronica y tú —aun así sentía una incómoda sensación de ardor dentro de él, como si algo lo quemara.

—Por lo poco que me ha contado Lucien, sé que a tu madre le costó aceptarte.

Agravar volvió a ponerse en pie y fue hasta la ventana.

—Ella no significaba nada para mí.

—Agravar, a veces sentimos cosas que parecen no tener ningún sentido. Fuera como fuera tu relación con ella, tu madre seguía siendo la mujer que te dio la vida, claro que significaba algo para ti.

—Es raro —murmuró, pensativo y sorprendido al mismo tiempo—. Tienes razón, pero nunca me había dado cuenta hasta ahora.

—Es normal y tienes derecho a llorar su pérdida.

Se volvió a mirarla y le tomó las manos entre las suyas.

—Gracias por ser tan amable, Alayna.

—Sin duda sabes que aquí hay mucha gente que te quiere.

—Sí. Me siento muy afortunado de teneros —admitió, pensando también en Rosamund.

La muerte de su madre le pareció de pronto una especie de señal. El pasado ya no existía y, por primera vez en su vida, tenía lo que siempre había deseado. Rosamund siempre había soñado con ser libre... él había soñado con ser amado. Ahora estaba rodeado de amor. Seguía sintiendo una profunda tristeza, pero sabía que lo superaría.

—Voy a decirle a Lucien que ya puede entrar —Alayna movió la cabeza y se echó a reír—. He mentido al decir que le había pedido que me dejara decírtelo yo, en realidad se lo ordené. Dios sabe cómo te habría dado la noticia ese bruto.

Agravar no le dijo que en numerosas ocasiones su marido había demostrado una asombrosa sensibilidad. Se limitó a sonreír y a apretarle la mano con cariño.

Veintisiete

Rosamund acudió a él aquella noche. Él la tomó entre sus brazos y la amó lenta y delicadamente. Mucho después, cuando descansaban el uno en los brazos del otro, Agravar encontró el momento de darle la noticia de la muerte de su madre. Se sorprendió de ser capaz de encontrar tantas palabras con las que explicar las confusas emociones que le llenaban el corazón y de descubrir el modo de abrir su alma a la única persona en el mundo con quien podría hacerlo.

—Siempre quise que me prestara atención. No me dio otra cosa que la vida, pero yo la quería y lamentaba que me despreciara de ese modo.

—No era a ti a quien despreciaba —aseguró Rosamund acariciándole el pecho—. Ella no te conocía, no podía saber que eres el hombre más cariñoso y bueno del mundo.

—Sólo dices eso porque me quieres.

—Claro que te quiero, pero no te miento —declaró tajantemente—. ¿Quién si no tú me habría rescatado tres veces? Cuatro, si tenemos en cuenta que me salvaste de todos mis temores.

Agravar sonrió. Seguía sintiendo el dolor, pero ahora era más débil, más fácil de soportar. Con Rosamund todo era más fácil.

Rosamund era perfectamente consciente de que le había prometido a Agravar que hablaría con Robert en cuanto tuviera oportunidad, pero lo cierto era que nunca conseguía verlo. Lo más irónico era que había dado órdenes a Agravar de que cuidara de su prometida en su ausencia.

Con aquel permiso tácito resultaba muy fácil olvidarse de la desagradable misión. El interés de Rosamund en las plantas medicinales era la excusa perfecta para que Agravar y ella dieran largos paseos por el bosque y les permitía pasar horas y horas lejos de miradas ajenas.

Invariablemente, charlaban, reían, hacían el amor y luego llenaban a toda prisa la cesta de Rosamund con las plantas que encontraban para volver al castillo a la puesta de sol. Cualquiera que se hubiera fijado en la colección de flores y plantas silvestres habría pensado que los conocimientos de Rosamund dejaban bastante que desear.

Una tarde, al pasar por la barbacana un soldado llamó a Agravar. Rosamund continuó andando alegremente, mirando la comprometedora bolsa donde había casi de todo menos hierbas medicinales.

—¡Rosamund! ¡Rosamund! —Aric la llamaba a gritos mientras corría hacia ella—. ¿Dónde está Agravar? Mi padre quiere verlo.

—Está hablando con sus hombres en la garita de guardia —respondió acariciándole la rebelde cabellera al muchacho.

Aric continuó caminando junto a ella, contándole los progresos de su hermano pequeño. A su espalda, alguien les pidió que se apartaran. Rosamund agarró al niño en brazos y se echó a un lado para dejar paso a un grupo de soldados.

—Qué raro —murmuró—. Es muy tarde para que lleguen visitantes.

—Los divisaron desde las atalayas. Padre quería ver a Agravar para decírselo.

—Debe de ser por eso por lo que ese soldado quería hablar con él.

Fue entonces cuando se fijó en los colores que portaban. Verde, púrpura y oro. Se detuvo en seco.

Observó los rostros de los hombres y de pronto lo vio, cabalgando casi en la retaguardia y vestido con una elegancia que habría resultado ridícula en cualquier otro hombre. Cyrus de Hallscroft estaba en Gastonbury.

Aric lanzó un grito de alarma al verla caer al suelo.

Cuando abrió los ojos estaba en su cama. Enseguida se dio cuenta de que aún llevaba el vestido puesto y no estaba arropada.

Oyó un ruido en la habitación y dio por hecho que sería Alayna o Veronica, pero al girar la cabeza, se le heló el corazón.

Fue Cyrus el que se inclinó hacia ella para hablarle.

—Sí, pequeña descarada, estoy aquí y estamos solos. Les he dicho a los demás que se fueran.

Echó las piernas a un lado con la intención de ponerse en pie.

—Quédate donde estás —le ordenó su padrastro con una especie de ladrido.

—Vete o gritaré.

—Entonces yo diré que te pusiste histérica y tuve que darte una bofetada para calmarte. Si no funciona, probaré con el puño —añadió con total normalidad, como si hablara de la disposición de los muebles.

—Nadie te creerá...

—Crees que te has ganado muchos adeptos aquí, ¿verdad? Sí, Davey me lo contó todo. Ya sé cuánto te gusta Gastonbury y cuánto has cambiado. Y también sé lo de ese vikingo, pequeña furcia.

Rosamund creyó que iba a ahogarse.

—No puedo creer que Davey me haya traicionado. ¿Por qué me habrá delatado?

—Esa misma pregunta me hice yo —le dijo acercándose tanto que a Rosamund le resultaba difícil respirar—. Cuando me pidió que le guardara el secreto de que había acudido a mí con su pequeño problema, me di cuenta de que era un fantoche que había perdido el seso por culpa de tus artimañas femeninas. Tú también lo sabes porque es así como lo atrapaste.

—Yo nunca le ofrecí otra cosa que amistad.

—Mentirosa. El muchacho creía estar enamorado de ti y lo sabes. Las mujeres siempre son conscientes de su poder.

—Davey no era más que un amigo cuya lealtad hacia mi hermano...

—Te recuerdo que es a mí a quien debería haberle sido leal. Pero a ese idiota se le ocurrió ayudarte a escapar y luego cometió el error fatal de intentar utilizarme para devolverte junto a él. En realidad era un buen plan que podría haber funcionado con alguien menos inteligente que yo.

—¿Qué quieres decir con «error fatal»? —preguntó muy despacio.

—Pues que está muerto, imbécil. ¿Por qué haces preguntas de las que ya sabes la respuesta? ¿Acaso crees que iba a dejarlo vivir después de todo lo que había hecho?

—Lo has matado... ¡No! —se llevó la mano a los ojos.

—Y todo por tu culpa. Por comportarte como una furcia.

Rosamund reaccionó de inmediato al oír aquello.

—Eres tú el que lo ha matado. Tú eres el malvado. También mataste a mi madre.

Parecía realmente sorprendido.

—No. ¿Qué mentiras has contado sobre mí?

—No necesito mentir, la verdad es más que suficiente.

—Ya me advirtió Leon de que te habías convertido en una descarada, pero Davey me dijo mucho más. ¿De verdad creías que permitiría que te casaras con un vikingo sin familia ni dinero? ¿Qué provecho saco yo de eso? ¡Tú misma te has llevado a la perdición! Pero te juro que recibirás tu castigo y yo sé muy bien cómo hacerlo.

Rosamund intentó ponerse en pie, pero él volvió a impedírselo.

—Siéntate, Jezabel y escucha a tu señor. Aquí sigo

mandando yo hasta que Robert te tome por esposa —la agarró con fuerza del brazo—. Y te aseguro que lo hará. Ya he hablado con él. Debo admitir que has sido muy astuta porque me pareció que empezaba a dudar. Tuve que presionarlo mucho para que accediera a seguir adelante con el casamiento.

—Él me... me dijo que respetaría el compromiso.

—Sí, pero ahora se muestra reticente.

Rosamund cerró los ojos y pensó en la oportunidad que había perdido. Si hubiera sido más valiente, podría haber hablado con Robert antes de que apareciera Cyrus.

—Tuve que recordarle que el incumplimiento del acuerdo significaría un grave insulto para mí. Como sabes, Robert da mucha importancia a esas cosas. Ya ves, su exagerado sentido del honor me ha resultado muy provechoso.

—Eres un ser cruel e inmundo.

Su mano le golpeó la mano provocándole un dolor brutal.

—No es ése el comportamiento que yo te he enseñado, pequeña furcia. Sólo porque un hombre se haya abierto camino entre tus piernas no tienes derecho a hablarme de ese modo. Ya puedes olvidarte de tu vikingo porque no va a ayudarte.

Se llevó la mano a la cara para valorar el daño.

—Robert ha accedido a casarse contigo, pero

sólo si tú lo deseas. Dice que no pareces muy entusiasmada con la idea, aún no comprendo por qué le importa tanto eso a ese infeliz. Así pues, se casará contigo si te muestras más dócil con él.

—¿Por qué tengo que casarme con Robert? ¿Qué más te da a ti?

—Tu matrimonio me dará poder. ¿Es que no aprendiste las lecciones que te dio el cura? Tu único propósito en la vida es servir a mis intereses. Después pertenecerás a Robert y harás lo que él considere oportuno. Algunos hombres son tontos e indulgentes, él parece ser uno de ellos. Me saca de quicio que hayas tenido tanta suerte.

Rosamund levantó la cara hacia él, sin saber de dónde había sacado el valor para hacerle frente.

—No puedes obligarme. Ya no soy la misma chica ingenua de antes. No voy a casarme con Robert, yo misma se lo diré.

Cyrus sonrió lentamente, como si hubiera estado esperando que reaccionara así.

—Si me desobedeces, lo mataré.

—¿Por qué ibas a matar a Robert? —preguntó, aterrada.

—¿A Robert? No es mala idea, sobre todo ahora que veo que te preocupa. No me refiero a Robert, sino al vikingo.

Rosamund se quedó inmóvil. Ni siquiera se atrevió a respirar durante al menos un minuto.

A su cabeza acudieron palabras con las que tratar de hacerle razonar o con las que desafiarlo, pero sabía que ninguna serviría de nada. No había duda de que Cyrus hablaba en serio y haría lo que prometía. Había matado a Davey, que no era más que un muchacho enamorado. Había matado a su madre...

Luchó contra el terror que amenazaba con apoderarse de ella.

—Jamás podrías vencerlo. Y... se lo diré a Lucien... le diré que has amenazado con matar a su capitán.

—De ese modo no haría más que aumentar el número de muertes —le dijo con resignación—. No quieras convertir a Lucien en mi enemigo. Ese hombre tiene hijos y una esposa a la que, según tengo entendido, concede un sinfín de libertades. Sería un blanco muy fácil.

—¿Por qué haces esto? —preguntó con una terrible amargura en la boca.

Cyrus parpadeó con arrogancia.

—Porque es lo que deseo hacer. La boda será mañana y no quiero más retrasos. Acudirás a la capilla y pronunciarás tus votos y si alguien sospecha que tus lágrimas no son de alegría, lo lamentarás.

Desde la puerta del gran salón, Agravar observó al hombre que se sentaba a la mesa principal. Cyrus de Hallscroft vestía una túnica verde esmeralda, tenía los ojos pequeños y casi tapados por los enormes párpados.

—Dios, Lucien, ese hombre es un monstruo —le dijo a su amigo—. ¿Cómo has podido dejarle entrar en tu casa?

—Tranquilízate —respondió en voz baja—. No me ha dado motivo alguno para impedirle la entrada. No puedo hacer nada.

—Después de lo que le hizo a Rosamund —recordó Agravar hablando entre dientes.

—No le ha hecho nada estando bajo mi techo. Alayna me dijo que se desmayó al verlo y él insistió en quedarse con ella hasta que se recuperara. No veo nada siniestro en ello.

—¿La dejaste sola con él? —Agravar apretó los puños y dio un paso adelante.

Lucien lo devolvió a su sitio.

—Si me dejas en vergüenza, haré que tus propios hombres te encierren hasta que te tranquilices.

—No sabes lo que hizo ese hombre...

—No puedo hacer nada, Agravar. No le ha hecho daño alguno estando aquí y Rosamund no se ha quejado de él. Como señor de esta casa, tengo una responsabilidad que debo cumplir, Agravar.

—Está bien —murmuró el vikingo, mirando a los ojos a su amigo—. Pero si hace algo que suponga la más mínima amenaza para Rosamund, iré tras él.

—De acuerdo —Lucien respiró hondo, lo que daba cuenta de la tensión contenida durante la confrontación—. Ahora vamos.

Durante la cena, Agravar recordó la descripción que Rosamund había hecho de Cyrus; la corrección con la que se comportaba en público y cómo conseguía que todo el mundo le tuviera afecto sin adivinar la crueldad que se escondía tras tanta cortesía. Sin embargo, aun sin haber oído nada de él, Agravar habría visto algo oscuro en aquel hombre. Era evidente que se esforzaba demasiado en resultar agradable.

Lucien tampoco se dejó engañar y Alayna se mostró muy callada durante la cena. Claro que Cyrus apenas le prestó atención a la señora, ni tampoco a Veronica, que permanecía con el ceño fruncido junto a su hija.

Rosamund no apareció a cenar y Agravar sabía que no podía preguntar por ella, así que en cuanto hubo terminado, se excusó y se dispuso a retirarse a su habitación.

—Capitán —lo llamó Cyrus yendo tras él—. Me gustaría hablar con usted.

Agravar ocultó su sorpresa.

Salieron al pasillo y Agravar continuó caminando hacia la escalera que conducía a los dormitorios.

—Me pregunto a qué viene tanta prisa —le dijo Cyrus—. ¿Será por mi hijastra? ¿Acaso tienes una cita secreta con esa pequeña furcia?

Agravar se detuvo en seco y se volvió a mirarlo. El otro hombre sonreía fríamente.

—Veo que estás sorprendido. ¿Es que no te ha contado la habilidad que tengo para averiguar cosas?

Agravar se lanzó sobre él y lo puso de espaldas a la pared, apretándole el cuello con el brazo.

—Si quieres verla muerta, adelante, estrangúlame.

Aquello le hizo titubear. Aquel sinvergüenza estaba demasiado seguro de sí mismo.

—Habla —le ordenó.

—Debes de creerme muy tonto si crees que iba a ponerme en tus manos sin nada que garantizara mi seguridad. Tengo un ejército de asesinos que se encargaran de saldar mis cuentas si me matan. Hazme algún daño y Rosamund morirá. También otros a los que aprecian. Te lo prometo, bárbaro, la mía será una terrible venganza.

Había algo en aquel hombre, la frialdad de sus ojos, la fina sonrisa que apenas curvaba sus labios que le recordaba a otro. También su padre había creído que no había crueldad o injusticia que no pudiera cometer; para ellos el poder lo era todo y la muerte no era más que un juguete que utilizaban a su antojo.

Por fin respondió, pero lo hizo con cierta inseguridad porque la amenaza lanzada por Cyrus le había llegado al alma.

—Sé cómo cuidar de mi gente.

—Qué tontería. Hay innumerables maneras de matar. Unas gotas de veneno, un cuchillo que se clava en medio de una multitud, una flecha certera durante una cacería, un niño que se cae por las escaleras... son demasiadas para mencionarlas todas.

El temor creció dentro de Agravar.

—No tiene por qué suceder de inmediato —continuó diciendo Cyrus con una carcajada—. Soy un hombre muy paciente. ¿Te imaginas vivir esperando a que ocurra? Y cuando finalmente pase, ¿imaginas el horror de saberte responsable de la muerte de aquéllos a los que dices querer?

—No serías capaz...

—Tú no sabes de lo que soy capaz —dijo liberándose de él.

—¿Qué quieres?

—Rosamund ha aceptado su destino y tú no vas a hacer nada para que no sea así. Tampoco hablarás con Robert. Cualquier intromisión tuya costará vidas que aprecias.

—Vete al infierno.

—A su debido tiempo —dijo riéndose—. Por cierto, Davey te manda un mensaje, quiere que sepas que cumplo lo que digo. Y nadie lo sabe mejor que él.

—Lo has matado —adivinó Agravar con horror—. Por Dios, si sólo era un muchacho.

—Muchacho, mujer o niño, no importa. Todo el

que se pone en mi camino, lo paga. Así que ya sabes, vikingo, no te pongas en mi camino o sufrirás de un modo que ni siquiera imaginas.

Al mirarlo comprendió que Cyrus de Hallscroft era exactamente igual que Hendron el vikingo, el único hombre al que Agravar había temido.

—Tu locura me revuelve el estómago —consiguió decir aplacando su temor.

—Bueno, no tengo ningún interés en gustarte. De hecho, ya puedes retirarte, así no harás ninguna tontería. Y no vuelvas a verla nunca más. Si lo haces... bueno, tendré que hacer algo para recordarte que hablo en serio. Mi único problema será decidir quién debe morir.

Agravar lo vio marchar. Esperó hasta que hubo desaparecido para estrellar el puño contra la pared sin ni siquiera sentir dolor.

El poderoso Agravar estaba vencido.

No. Aún no.

Levantó la cabeza de nuevo. Ya se le ocurriría algo.

Veintiocho

Lo primero que hizo Agravar fue reunir a tres de sus hombres de mayor confianza, pero en cuanto los tuvo delante se dio cuenta de que no podía contarles nada y se despidió de ellos sin poder darles una explicación que los sacara del asombro. Cuando volvía hacia el castillo vio las primeras luces del alba en el cielo. Había llegado el día de la boda de Rosamund.

Finalmente fue a la ceremonia, pero se quedó escondido en un rincón de la capilla desde el que observó en silencio cómo Rosamund pronunciaba sus votos. Estaba preciosa y sorprendentemente tranquila. Robert hizo sus promesas con estoicismo y elegancia. Agravar no podía creer estar sufriendo la tortura de presenciar cómo la mano de su amada era entregada a otro hombre, que ahora era su esposo.

Los novios se volvieron a recibir las felicitaciones de sus amigos. Alayna se acercó de inmediato a Rosamund y mientras, Robert se acercó a una mujer que ocupaba uno de los últimos asientos, muy cerca de donde se encontraba Agravar. Era Veronica.

Aunque estaba casi de espaldas a él pudo ver que estaba llorando. Robert dejó de fingir al acercarse a ella y su rostro se compungió de dolor. Levantó una mano hacia Veronica, pero la retiró sin llegar a tocarla. Veronica bajó la cabeza y Agravar vio que el llanto era tan intenso que le temblaban los hombros.

Robert volvió junto a la novia.

«¡Por el amor de Dios», pensó Agravar. «La ama. Nunca ha querido a Rosamund».

Salió de la capilla a toda prisa.

Robert amaba a Veronica.

Él era la clave, pensó Agravar mientras iba de un lado a otro de su habitación.

Robert se había casado con Rosamund pensando que Cyrus era su protector, no un despiadado conspirador. Cyrus había jugado con él, se había aprovechado de su sentido del honor, pero si Robert descubría lo que Cyrus había hecho en realidad, no querría mantener un matrimonio al que se había llegado en tan taimadas circunstancias. Y mucho menos si su corazón pertenecía ya a otra mujer.

Agravar se maldijo a sí mismo por no haberse dado cuenta antes. Los votos ya habían sido pronunciados. Robert y Rosamund estaban legítimamente casados.

Pero el matrimonio aún no había sido consumado.

Claro. Todavía tenía tiempo.

Salió de la habitación como una exhalación, pero al abrir la puerta se encontró con dos de sus hombres. Lucien los había apostado allí con la misión de no dejar que saliera de sus aposentos. Podría haberse enfrentado a ellos, pero no podía luchar con los hombres a los que él mismo había entrenado. Era humillante.

—Entonces haced venir a vuestro señor y dejad que lo solucione con él.

El más joven de los dos fue en busca de Lucien, pero volvió con la orden de acompañar a Agravar a los aposentos del señor.

—Cómo te atreves —dijo al abrir la puerta con un golpe.

Lucien estaba solo y a primera vista parecía tranquilo, pero al observarlo más detenidamente, Agravar descubrió un tic en la sien que daba cuenta de su nerviosismo.

—Estás muy alterado, amigo mío y no piensas con claridad.

—Tengo que hablar con Robert antes de que se acueste con ella.

—Demasiado tarde, ya están en sus habitaciones. Está hecho, Agravar. Por favor, escúchame, viejo amigo.

—¡No, escúchame tú! —cubrió la distancia que los separaba y lo agarró de la camisa—. Cyrus nos ha engañado a todos, pero aún hay tiempo. No deben...

—¡Basta ya, Agravar! ¡Mírate! Mira en el estado en el que estás.

—¿Y cómo estarías tú? ¿Qué habrías hecho tú por Alayna, Lucien? —añadió soltándolo de golpe.

Lucien meneó la cabeza y resopló. Agravar cerró los ojos con fuerza, tenía que tranquilizarse y buscar el modo de convencer a Lucien. Sintió una mano en el hombro y levantó la cabeza.

—Lo siento, amigo —le dijo—, pero lo hago por tu bien.

Agravar vio acercarse el puño, pero no tuvo tiempo de reaccionar. El dolor duró sólo un instante, la oscuridad lo rodeó enseguida y lo arrastró al vacío.

Lo primero que vio al despertar fue a Lucien, que le ofreció un vaso de vino.

—¿Pretendes emborracharme hasta que sea demasiado tarde? —gruñó, pero bebió de todos modos.

—Ya es demasiado tarde. Le pedí a Eurice que te diera unas hierbas para hacerte dormir. Es más de media noche.

—Dios mío, Lucien, ¿qué has hecho? —se puso en pie de golpe—. ¿Por qué no me has escuchado?

—Porque nada de lo que me dijeras cambiaría el hecho de que están legítimamente casados. Robert es un buen hombre, Agravar. La tratará bien.

Sintió el deseo de abalanzarse sobre él, pero consiguió controlarse.

—Maldito seas —dijo yendo hacia la puerta.

Lucien se puso en pie.

—No te acerques a ella.

Agravar se detuvo con la mano en el tirador y se volvió a mirarlo con furia.

—No lo haré. No me has dejado otra opción —bajó la cabeza—. La he perdido.

Agravar entró en su habitación y no se molestó en encender las antorchas, fue directo a la ventana, allí perdió la mirada en el vacío. Le habría gustado poder llorar, dejarse llevar por el dolor, pero las lágrimas no acudían, sólo sentía rabia, una ira incontrolable.

Se apretó la frente con ambos puños hasta hacerse daño, le hacía bien sentir dolor físico, le distraía del sufrimiento de su corazón.

Lanzó una especie de gruñido y se dejó caer sobre la pared, apretando la cara contra la fría piedra. Fue entonces cuando oyó un ruido a su espalda. Como si...

—¿Agravar, eres tú?

Abrió los ojos de par en par para asegurarse de que no estaba soñando.

—¿Rosamund?

Allí estaba, sentada en la cama cubierta tan sólo por un camisón blanco. Acudió a su lado sin pensarlo y la rodeó con sus brazos.

—Dios mío, ¿cómo has podido venir aquí?

Ella hundió el rostro en su pecho, donde sin duda oyó los latidos enloquecidos de su corazón.

—Me marché antes... antes de que él viniera. Dios... Agravar, sé que te dije que me había vuelto muy valiente, pero no podía hacerlo. No podía dejar que me tocara como sólo lo has hecho tú, no...

—Tranquila —la abrazó con fuerza, odiándose a sí mismo por la alegría que sentía. Había incumplido las órdenes de su señor y lo único en lo que podía pensar era en que Rosamund seguía siendo suya y de ningún otro—. Has hecho lo que debías, Rosamund, has sido muy valiente.

—No, fui una cobarde. Debería haber hablado

con Robert. Si se lo hubiera dicho... pero Cyrus...
Pensaba en Cyrus y me moría de miedo.

—Amor mío, créeme, Robert estará encantado de oír lo que tienes que decirle —al ver la incredulidad en su mirada, se apresuró a explicarse—. Robert está enamorado de Veronica. Estoy seguro de que tampoco deseaba casarse. Los vi después de la ceremonia y entonces comprendí por qué nunca conseguías verlo para hablar con él. Tú y yo estábamos tan ocupados escabulléndonos para estar juntos que no nos dimos cuenta de que ellos hacían lo mismo.

—¿Robert y Verónica? ¿Entonces por qué se casó conmigo?

—Cyrus apeló a su honor. Le dijo que tú deseabas casarte y Robert debió de sentir que no tenía otra alternativa.

—Sus métodos de persuasión conmigo fueron más brutales —dijo con un escalofrío—. Me amenazó con matarte. Y también a Lucien, Alayna e incluso a los niños.

—Utilizó la misma táctica conmigo.

—Es capaz de hacerlo, Agravar. Por eso tuve que obedecer.

—Lo sé.

Rosamund levantó la mirada, en sus ojos había verdadero horror.

—Dios, Agravar, ¿qué he hecho? Cuando Cyrus descubra que he huido del dormitorio nupcial, cumplirá sus amenazas. ¿Cómo no lo he pensado antes?

—Tranquila, mi amor. Escucha, estoy seguro de que Robert no sabe que Cyrus te obligó a casarte con él. Debemos hablar con él. Sé que será nuestro aliado, un poderoso aliado. Recuerda que sin la buena voluntad de Robert, Cyrus no obtendrá beneficio alguno de tu matrimonio. Lo que él pretendía era la alianza de ambas familias.

—Pero... ¿de qué servirá ahora? Es demasiado tarde. Estamos casados ante Dios.

—Robert querrá anular la unión ahora que todavía puede, así podrá casarse con Veronica.

—No lo entiendo. Si el matrimonio se disuelve, Cyrus llevará a cabo sus amenazas.

—No, porque la anulación será obra de Robert y no creo que Cyrus sea tan tonto como para descargar su brutalidad en un hombre de la importancia y la influencia de Robert.

—¡Tienes razón! —exclamó por fin con repentina euforia—. Cyrus no podrá hacerle ningún daño. Él podrá protegernos. ¡Dios mío, Agravar! —se abrazó fuerte a él—. ¿De verdad es posible que hayas encontrado una solución?

—Si Robert hace lo que yo creo, sí, tendremos una solución. Después podremos casarnos. Aunque debo admitir que me gustaría más poder encargarme personalmente de Cyrus.

—Su maldad es demasiado rastrera para solucionarse en un duelo honesto —aseguró con repulsión—. Pero, ¿qué importa? Por fin seremos libres y no habrá nadie que se interponga entre nosotros.

Sus cuerpos se fundieron en un abrazo y Agravar se dio cuenta de que era su noche de bodas y sin embargo estaba allí, con él. La besó apasionadamente, se perdió en ella como había hecho muchas otras veces antes, sin pensar en que ahora era la esposa de otro hombre.

Mientras la desnudaba y la acariciaba había algo en el fondo de su mente que le decía que sería un acto de indecencia acostarse con ella. Pero el salvaje que llevaba dentro contestó diciendo que Rosamund era suya, si no por ley, sí por el poder del amor. La voz de su conciencia calló definitivamente y dejó que se abandonara a la delicia de sus besos.

La amó hasta que ambos quedaron saciados y exhaustos. Agravar cayó dormido en sus brazos, con sólo la satisfacción en su mente, la vocecilla que podría haberlos salvado había desaparecido.

Lo despertó el primer golpe en la puerta, el segundo lo llenó de pánico antes de darle tiempo a incorporarse siquiera.

Enseguida le vino a la cabeza que no había echado el cerrojo de la puerta. Se puso en pie.

Pero era demasiado tarde. La puerta se abrió y apareció Lucien.

—Despierta, Agravar. No te lo vas a creer. Esa desdichada ha vuelto a desaparecer...

Se detuvo en seco con las palabras aún en la boca.

Rosamund trató de cubrir su desnudez con las pieles.

Lucien no dijo nada, se quedó allí de pie, mirándolos.

—Sé que, como hermanos que somos, no nos debemos formalidad alguna, pero creo que en el futuro deberías llamar a la puerta antes de entrar en mi dormitorio.

—Sácala de aquí —espetó Lucien de pronto—. Robert viene detrás de mí.

El aviso fue en vano. Robert estaba ya en la puerta.

Veintinueve

—Vine en busca de mi mujer —dijo Robert con una voz tranquila que no denotaba el menor rencor, quizá sí un poco de tristeza—. Lucien me sugirió que quizá tú supieras dónde había podido ir. Dudo que tu señor sospechara cuánta razón tenía.

Agravar dio un paso hacia él.

—Deje que le explique.

—Por el amor de Dios, Agravar, hazlo bien —le suplicó Lucien.

Mientras, Rosamund se puso el camisón, pues la desnudez la hacía sentirse aún más humillada y vulnerable.

—La amo —se limitó a decir el vikingo—. Y ella

a mí. No quería casarse con usted, pero Cyrus la obligó.

Robert miró a su esposa.

—¿Es eso cierto? ¿Por qué no me lo dijiste?

—Es todo culpa mía —dijo yendo hacia él con paso tembloroso—. Tuve miedo de decírselo. No hay excusa para la que he hecho. Puede castigarme como considere oportuno.

—Por Dios, niña, lo que veía en tus ojos no era más que infelicidad —adivinó Robert con lástima—. ¿Por eso siempre parecías tan distante? ¿Porque estabas enamorada de él? Pero no comprendo por qué me temías, yo jamás te haría ningún daño.

—Era incapaz de verlo. Yo...

—Contéstame. ¿Es cierto que lo amas?

—Sí. Con todo mi corazón —de pronto la traición de su corazón le parecía peor que la de su cuerpo.

—¿Por qué no me lo dijiste? Habríamos podido evitar tantas cosas.

Fue Agravar el que respondió.

—Tenía miedo de hacerlo.

—Pero, ¿por qué? ¿Qué he hecho yo para inspirar ese temor?

Agravar volvió a contestar por ella.

—Nada. Era Cyrus el que la aterrorizaba. Rosamund creció rodeada de humillaciones y de amenazas, lo que hizo que temiera a los hombres y el matrimonio. Cuando había decidido hablar por fin con usted, apareció Cyrus y la amenazó con matarnos a usted y a mí —miró a Lucien—. Dijo que mataría a Alayna y a los niños y también a Veronica, a todos aquellos a los que Rosamund quiere —al ver la ira en el rostro de Lucien, le dijo algo que sabía que comprendería de inmediato—. Cyrus es igual que mi padre, un hombre que mata incluso por diversión. Hice lo que pensé que era mejor para manteneros a todos a salvo.

Rosamund miró a su marido con lágrimas en los ojos.

—Lo siento mucho.

Robert esperó un largo rato antes de hablar.

—Puede que no haya excusa para lo que has hecho, Rosamund, pero comprendo tus motivos. Entiendo perfectamente el amor —cerró los ojos y respiró hondo—. Desgraciadamente, el honor me obliga a actuar —entonces se volvió hacia Agravar—. Capitán, me temo que debo retarlo a enfrentarnos en duelo para pagar esta deuda.

Lucien se pasó la mano por el cabello con furia. Agravar, sin embargo, parecía tranquilo.

—Responderé al reto, pero antes me gustaría pedirle algo. Si gana, debe prometerme que no castigará a Rosamund en modo alguno. Hay muchas cosas que no sabe de ella que la ayudarían a comprenderla. Nada de esto ha sido culpa suya. Debe perdonarla.

Robert soltó una triste carcajada.

—Se lo prometo, capitán. Pero seamos realistas, usted es un guerrero, más fuerte y joven que yo... no ganaré. El honor me obliga a retarlo en duelo y lo haré, pero sé que no ganaré. Ambos lo sabemos.

Agravar lo observó detenidamente.

—Ya veremos. Los hombres de fe creen que los justos ganan siempre con la ayuda de Dios. Si la providencia quiere que usted sea el vencedor, debe cumplir su promesa.

Rosamund estaba sola en la sala cuando Veronica rompió el silencio con su llegada.

—¿Ya está? —preguntó Rosamund, horrorizada—. ¿Ha muerto Agravar?

Veronica se acercó y la puso en pie agarrándola del brazo.

—No, no ha muerto, ni morirá si puedo evitarlo.

—¡No! —protestó Rosamund—. No quiero verlo morir. Ya es bastante saber que soy la causa de su muerte.

—No seas boba y escúchame, niña —dijo tirando de ella con una fuerza impensable para una mujer tan pequeña—. Tienes que ser valiente. Uno de esos dos estúpidos va a morir y el otro quedará destrozado para siempre si no hacemos algo.

—¿Va a impedirlo? ¿Cómo? —preguntó mientras se acercaban ya a la puerta que conducía al patio.

—No lo haré yo, sino tú. Eres tú la que tienes que detenerlos.

—¿Yo? ¿Cómo podría hacerlo?

—¿No estás cansada de ser una víctima? Tienes que luchar con toda la fuerza que llevas dentro, Rosamund. Tienes que hacerlo o tu amor morirá y el mío será su asesino. Por una vez en tu vida, niña, ¡lucha!

—¡Pero no sé cómo hacerlo! —gritó Rosamund.

—Las mujeres hemos tenido que aprender a luchar con nuestro ingenio porque la naturaleza nos dio un cuerpo más pequeño y muchas veces más débil que el de los hombres. Tu fuerza está dentro de ti, niña. Búscala y encontrarás las palabras necesarias.

¡Tengo demasiado miedo!

Veronica se detuvo, la agarró por los hombros y la miró a los ojos.

—Entonces tu hombre morirá. Tú eliges.

Treinta

El patio de armas estaba en completo silencio a pesar de la multitud que allí se había reunido.

Robert se puso los guantes, eligió la espada y la examinó. Agravar esperaba inmóvil a su adversario. Ya estaba preparado.

A un lado estaba el hombre en el que habría deseado hundir el filo de su espalda. Cyrus no estaba satisfecho con el devenir de los acontecimientos, sobre todo desde que Robert le había comunicado que no deseaba que se estableciera ningún tipo de alianza entre las dos familias. Ahora el señor de Hallscroft miraba a Agravar con una expresión que el vikingo reconoció de inmediato. Cyrus quería venganza. Quería sangre.

Agravar sentía cierta rabia al pensar que iba a concederle su deseo a ese malnacido.

—Más te vale luchar con todas tus fuerzas —le dijo Lucien, al ver que Robert ya estaba preparado para empezar—. Si te rindes, nunca te perdonaré.

—Te he querido como a un hermano —afirmó Agravar con la mirada fija en el suelo—. Tú has sido mi única familia —añadió antes de dirigirse hacia su oponente.

Un movimiento entre la multitud atrajo su atención y al mirar a la gente oyó que alguien le gritaba... una mujer. Era Rosamund.

Fue corriendo hacia ellos. Tras ella apareció Veronica, aparentemente más tranquila.

—Os exijo que pongáis fin a todo esto —declaró Rosamund con firmeza.

A pesar de lo incongruente que sonaba, o quizá precisamente por eso, Agravar sintió ganas de echarse a reír. Estaba ridícula. Una muchacha interponiéndose entre dos hombres armados y a punto de luchar.

—¿Va a matarlo? —le preguntó a Robert.

—Lo he retado a duelo.

—Pero sabe que no luchará. Agravar ha venido a morir. Y yo le pregunté, ¿por quién va a matarlo? ¿Por usted, o por mí?

Robert tragó saliva.

—Por honor.

—¿Y eso vale algo tan precioso como la vida de un hombre?

—No puedo pasar por alto lo ocurrido —dijo sin demasiada convicción.

—¿Por qué no? Yo no le importo. Usted ama a otra mujer. Dígame, milord, usted que es conocido por su amabilidad y su carácter justo, dice que hace esto por honor, y yo le pregunto, ¿qué haría por amor?

—No comprendo.

Rosamund dio un paso más hacia el que todavía era su esposo. Agravar observaba en silencio, maravillado. Ya no le parecía tan ridícula. Con la cabeza bien alta, agarró el filo de la espada de Robert con ambas manos y se la puso contra el pecho.

—Por amor Agravar moriría por mí y yo moriría por él. Por eso le pregunto, lord Robert, ¿qué haría usted por amor? —entonces se volvió y señaló a Cyrus, que observaba la escena con un gesto de terror—. La maldad de ese hombre nos ha invadido a todos. ¿Va a permitir que extienda su veneno entre todos aquéllos a los que quiere? ¿Qué hay de aquéllos que lo quieren a usted, va a permitir que sufran sólo por hacer valer su honor? Mire a Veronica, ¿no ve la tristeza que ese honor suyo ha llevado a su rostro? Ahora dígame, ¿a qué señor obedece ese honor? —volvió a señalar a Cyrus—. ¿A él?

Veronica fue hasta Robert y le dijo:

—Escucha a la muchacha, por favor. Esto ya ha ido demasiado lejos.

Se hizo un largo silencio. Robert miró a Veronica y de nuevo a Rosamund. Agravar se estremeció al ver que tenía sangre en las manos, estaba agarrando la espada con tanta fuerza que se había cortado, y sin embargo no parecía sentir dolor alguno.

Finalmente fue Lucien el que habló dirigiéndose también a Robert.

—Robert, tiene razón. Este duelo no tiene ningún sentido, pues ninguno ha herido realmente el honor de nadie.

Volvió a hacerse el silencio. Agravar no podía dejar de mirar la sangre que manaba de las manos de Rosamund y se moría de necesidad de abrazarla.

—No hay honor alguno en el asesinato —anunció por fin Robert y bajó la espada—. Soy un hipócrita por querer vengar un error que no me ha causado daño alguno. Me niego a ser una marioneta del mal —miró a Cyrus y luego se dio media vuelta para ir junto a Rosamund, a la que tomó ambas manos—. Agravar, ven con tu amada. La dejo libre. Cuando la iglesia la declare libre, te casarás con ella con mi bendición.

Tuvo que hacer un esfuerzo por andar en lugar de correr a su encuentro. Cuando por fin Robert dejó sus manos ensangrentadas sobre las de él, Rosamund lo miró y dijo:

—Lo he conseguido.

—Así es, mi valiente dama.

—Tenía tanto miedo.

—Ya no tienes por qué temer nunca más.

La sonrisa que vio en su rostro le alegró el alma. Dios, cuánto la amaba.

—Vamos —dijo Lucien—. Salgamos del campo de batalla, no quiero dejarme llevar por la tentación de darle a este público el derramamiento de sangre que ha venido a ver —entonces miró a Cyrus—: Milord, mis soldados lo escoltarán hasta los límites de mis tierras. Puede sentirse agradecido de que le perdone la vida.

—Grita cuanto quieras, Montreigner, pero lamentarás el día en que decidiste convertirte en mi enemigo. Y vosotros dos —se dirigió a Rosamund y a Agravar—, me suplicaréis clemencia cuando acabe con vosotros.

Dejando a Rosamund a un lado, Agravar llegó junto a Cyrus en dos zancadas.

—¿Olvidas lo que te dije? Te prometo que mi muerte te traerá sufrimientos sin fin durante el resto de tu vida. Esta tierra se volverá roja con la sangre de los habitantes de Gastonbury.

Agravar lo miró a los ojos muy de cerca.

—Mi padre era igual que tú, un hombre cruel y muy rico. Lucien y yo lo matamos. Yo lo sujeté y Lucien le cortó el cuello con un cuchillo.

Agravar comprobó con satisfacción que Cyrus estaba desconcertado.

—¿Por qué me cuentas eso?

—Nos hicimos con su oro, montañas y montañas, baúles llenos de joyas y monedas. Cyrus, soy un hombre muy rico. Utilizaré todo el dinero que sea necesario para comprar hasta al último de tus hombres, a esos asesinos de los que tanto presumes. Muy pronto se extenderá la noticia de que cualquier asesino al que tengas a sueldo recibirá el doble de su salario si viene a mí en paz. Dime, ¿qué hombre, por retorcido que sea, se arriesgaría a acabar en la cárcel o ejecutado por la mitad del dinero que ganaría convirtiéndose en mi amigo? —Cyrus no decía nada, parecía haberse quedado sin habla—. Es un plan brillante, ¿no te parece? Sólo lamento haber tardado tanto en darme cuenta, en encontrar una solución tan simple —se puso recto, pero siguió mirándolo—. Te reto a duelo aquí mismo, Cyrus —se dio media vuelta para avisar a sus hombres—. Preparad mi caballo, parece que después de todo sí voy a lu...

Sintió un dolor agudo en el punto exacto en el que se había clavado la espada de Davey. La cicatriz se abrió.

Cayó de rodillas con la mirada clavada en Rosamund.

—Maldita sea —le dijo—. Desde que te he conozco me han abatido más veces que toda mi vida junta. Creo que tienes mala suerte.

—¿Agravar?

Se desplomó.

Tenía las manos cubiertas de sangre, la suya y la de Agravar. Llamó a Eurice a gritos y la buscó con la mirada.

Entonces una sombra le tapó el sol y, al levantar la vista, vio a Lucien acercándose a ella espada en mano. No entendía nada. ¿Acaso pensaba que era ella la que había atacado a Agravar?

No, tenía la mirada clavada en otro punto. Al girar la cabeza se encontró con el rostro enloquecido de Cyrus, que la agarró del pelo y la obligó a levantarse para servirle de escudo. Sintió el frío del cuchillo en la garganta. Olía a sangre por todas partes.

—Acércate más y le cortaré el cuello a esta mocosa —la empujó para hacerla avanzar hacia Lucien—. Tira la espada.

Rosamund abrió la boca al sentir el dolor. Vio cómo la mirada de Lucien se clavaba en el cuchillo y se dio cuenta de que Cyrus la había cortado.

Por el rabillo del ojo vio una sombra que se movía. Una figura que le resultaba familiar, alta, fuerte, de hombros anchos.

De sus labios salió un solo sollozo, la presión del cuchillo la hizo callar.

—Lucien, ahora haz exactamente lo que te pido.

La chica se viene conmigo. Prepara mi caballo y haz que mis hombres me esperen en la puerta. ¡Ya!

—No creerás que vas a salirte con la tuya —dijo la voz de Robert.

—Esta chica me pertenece si tú no la quieres. Admito que mis métodos son algo bruscos, pero estoy en mi derecho. Ambos sabemos que a veces las mujeres necesitan que se las trate con fuerza.

Dejó de hablar y en ese mismo instante Rosamund sintió algo húmedo en la espalda. El cuchillo cayó al suelo. Se dio media vuelta y descubrió con sorpresa que estaba cubierta de sangre y libre.

A su lado estaba Agravar, aún con el cuchillo ensangrentado en una mano, con la otra se agarraba la herida. Pero tenía los ojos puestos en ella.

A sus pies, el suelo se oscureció de sangre bajo Cyrus al tiempo que la vida se escapaba de su cuerpo.

—Empezaba a ponerme nervioso —dijo Agravar dedicándole tan sólo una rápida mirada.

Después agarró a Rosamund del brazo y comenzó a caminar hacia el castillo.

—¿Qué haces? —preguntó, demasiado aturdida para asimilar todo lo ocurrido.

—Bueno, yo estoy sangrando y tú estás cubierta de sangre. Sugiero que nos demos un baño, por separado, lamento decir, y dejemos que nos curen las heridas. Yo quizá duerma un poco. Estoy cansado.

Eres agotadora, ¿lo sabías? ¿Cuántas veces más voy a tener que salvarte?

Aquellas palabras lograron que volviera a sentir, que su alma se llenara de alivio y felicidad. Allí estaban sus amigos, las mujeres con los ojos llorosos, los hombres asombrados pero contentos ahora que había pasado el peligro.

—Haré todo lo que pueda para que sean pocas de aquí en adelante —prometió Rosamund.

—Eso espero —respondió él—. Empiezo a hacerme viejo para esto.

Epílogo

El sueño de Rosamund la dejó en paz durante mucho, mucho tiempo y, cuando volvió a aparecer, era diferente.

Se despertó sobresaltada en mitad de la noche. Junto a ella, su marido se volvió a mirarla.

—¿Es el bebé?

—No.

Agravar la abrazó y le puso la mano en el abultado vientre.

—¿Vuelves a tener náuseas?

—No, Agravar. Eso pasó hace meses.

—No estarás de parto, ¿verdad?

Rosamund se echó a reír ante tanta insistencia.

—No, estoy bien. Sólo me he despertado de pronto.

—¿Quieres beber agua?

—Bueno —dijo sabiendo que no pararía hasta que hubiera hecho algo para hacerla sentir mejor.

Lo vio levantarse de la cama y se deleitó en la imagen perfecta de su cuerpo desnudo. El verano tocaba de nuevo a su fin. Habían pasado ya seis años desde su primer encuentro y aún se le aceleraba el corazón cuando lo miraba.

De vuelta a la cama, tropezó con algo y derramó el agua. Rosamund se mordió el labio para no echarse a reír al verlo agacharse a recoger una espada de madera del suelo.

—Es la última vez que ocurre —gruñó—. No tiene ningún cuidado con los juguetes.

—Es cierto.

—Podría haberme roto algo.

—No, tú no.

La miró frunciendo el ceño. Después volvió a llenar el vaso y regresó a su lado. Rosamund no pudo aguantar la risa por más tiempo.

—¿Qué ocurre? —le preguntó él.

—Nada.

—Dímelo.

—Mírate. No puedes dejar de protegerme, es una exageración.

—No puedo evitarlo —se defendió—. Solía burlarme de Lucien por preocuparse tanto por Alayna y ahora yo hago lo mismo.

Rosamund le acarició la mejilla dulcemente.

—Es nuestro tercer hijo, deberías haberte acostumbrado.

—El tercero... es el peor. Con el primero estaba demasiado emocionado y con el segundo aún estaba aturdido, pero ahora...

—Entonces está decidido.

—¿Decidido? ¿Qué es lo que está decidido?

—Éste será nuestro último hijo. Después del nacimiento no volveremos a dormir juntos...

—Si te burlas de mí, te diré que estás siendo muy cruel —se echó a reír, estirándose perezosamente—. Sabes que no puedo controlar mi deseo por ti.

—¿Cómo es posible con el aspecto que tengo?

—A mí me pareces preciosa.

Rosamund lo miró en silencio, con profundo placer.

—Ahora intenta volver a dormir —le sugirió mientras le ahuecaba las almohadas.

—He vuelto a tener el sueño, pero esta vez era diferente. Podía oírla.

—¿A tu madre?

—Sí. En los otros embarazos me preocupaba tener ese sueño y verme a mí misma en el estado en que estaba ella cuando murió. Afortunadamente nunca lo tuve y llegué a pensar que no volvería, pero esta noche ha vuelto.

Agravar la observó un momento.

—No pareces afectada.

—No lo estoy. Se despidió de mí.

—No comprendo.

—El sueño es el recuerdo de algo que sucedió en realidad. Cuando yo era niña, mi madre vino una noche a mi habitación mientras dormía y me dijo algo al oído. En todos estos años no había podido recordar sus palabras. Ahora sé que vino a despedirse porque sabía que moriría esa noche. Siempre he pensado que Cyrus la había matado, pero ahora creo que subió a las almenas ella sola.

—¿Crees que saltó por propia voluntad?

—Sí, en realidad creo que siempre lo he sabido.

—Mi amor, lo siento.

—No es tan horrible ahora que lo sé. Mi madre era muy infeliz y encontró el modo de ser libre. Fue Cyrus el que la empujó a ello porque él era el responsable de su infelicidad —se quedó pensativa unos segundos antes de continuar—. Ya no siento tristeza. Durante mucho tiempo el sueño me protegió de la verdad porque no tenía fuerzas para enfrentarme a ella, pero ahora soy feliz —le dijo con una enorme sonrisa, mientras él la acurrucaba contra su pecho—, y me siento a salvo. De pronto tengo la certeza de que el pasado ya no puede hacerme ningún daño.

Agravar le acarició la línea que aún se adivinaba en su cuello.

—Quedan las cicatrices.

—Sí, pero ya no me preocupan.

—Ésa es mi valiente dama.

Se abrazaron en silencio durante un rato, pero entonces ella se echó a reír.

—¿Y ahora qué pasa?

—Me estaba acordando de nuestra boda.

—¿De la noche? —preguntó con arrogancia.

—No, lo que me ha hecho reír ha sido recordar los sollozos que se oían en la capilla aquel día.

—Rosamund —le advirtió—, te he pedido muchas veces que no hables de esas tres mujeres.

—Ay, esposo, no te vuelvas tan serio como tu señor, a quien por cierto he llegado a apreciar porque sé que no es tan fiero como parece. Pero es tan... tan serio.

—Te prometo que sigue maravillándome el funcionamiento de tu cerebro. ¿Podrías decirme qué tienen que ver esas tres mujeres con la conversación?

—Estaba pensando en mi madre, en el pasado y en lo diferente que es ahora mi vida.

—Diferente para bien.

—Por supuesto. Y al pensar en la felicidad que siento, pensé en ti.

—Claro.

—Y, por algún motivo, me he acordado de esas

tres pobres doncellas que no consiguieron cautivar al poderoso Agravar... entonces he recordado cómo lloraron durante toda la boda.

—Eres increíble.

Ambos se echaron a reír. Después de un rato cayeron dormidos, sus cuerpos aún entrelazados.

Aquella mañana la despertaron los dolores del parto. Todo fue muy rápido y a media tarde había dado a luz a su tercer hijo, una niña a la que llamaron Isabella en honor a la madre de Rosamund.

Sus dos hermanos, Brice y Ranulf, acudieron a visitar a la pequeña. Después de quejarse de que no tenía dientes ni pelo, ambos admitieron que era preciosa y prometieron cuidarla.

—Chicos, ya podéis salir a jugar —les dijo Rosamund—. Brice, tu padre tiene la espada que dejaste en nuestro dormitorio.

Agravar le dio el juguete al mayor de los dos hermanos, que tenía cinco años.

—Si vuelves a dejarla en el suelo, no la recuperarás.

—Sí, padre. Gracias por encontrarla. Hoy voy a necesitarla porque vamos a luchar.

—Vaya —exclamó Agravar—. ¿Contra quién?

—Seremos Aric, Luke y nosotros dos contra los chicos de los establos.

—No hagáis daño a nadie —les gritó Rosamund antes de que salieran corriendo.

—Diablillos sanguinarios —murmuró Agravar sin poder ocultar su orgullo.

Después se volvió y miró a su esposa a los ojos. El sonido de sus risas llenó la habitación. Ambos rieron hasta que los ojos se les llenaron de lágrimas y su nueva hija empezó a gimotear. No les quedó más remedio que tranquilizarse un poco, pero siguieron sonriendo mientras Rosamund acurrucaba a la pequeña en su pecho.

TÍTULOS DE LA COLECCIÓN

Amor interesado – Nicola Cornick

El jeque – Anne Herries

El caballero normando – Juliet Landon

La paloma y el halcón – Paula Marshall

Siete días sin besos – Michelle Styles

Mentiras del pasado – Denise Lynn

Una nueva vida – Mary Nichols

El amor del pirata – Ruth Langan

Enamorada del enemigo – Elizabeth Mayne

Obligados a casarse – Carolyn Davidson

La mujer más valiente – Lynna Banning

La pareja ideal – Jacqueline Navin

www.ingramcontent.com/pod-product-compliance
Lightning Source LLC
LaVergne TN
LVHW091624070526
838199LV00044B/930